AMAR TÁ OSSO

Vanessa Bosso

AMAR TÁ OSSO

astral
cultural

Este livro foi revisado segundo o Novo Acordo Ortográfico da Língua Portuguesa.

Editora responsável Tainã Bispo
Produção editorial Aline Santos, Bárbara Gatti, Fernanda Costa, Fernanda Villas Bôas, José Cleto, Luiza Marcondes e Natália Ortega
Preparação de texto Juliana Araújo
Revisão de texto Juliana Albuquerque
Capa Marina Avila

Dados Internacionais de Catalogação na Publicação (CIP)
Angélica Ilacqua CRB-8/7057

B757a

Bosso, Vanessa
Amar tá osso / Vanessa Bosso. — Bauru, SP : Astral Cultural, 2018.
256 p.

ISBN: 978-85-8246-760-2

1. Ficção brasileira I. Título

18-0471

CDD B869.3

Índices para catálogo sistemático:
1. Ficção brasileira B869.3

ASTRAL CULTURAL É A DIVISÃO LIVROS
DA EDITORA ALTO ASTRAL

BAURU
Rua Gustavo Maciel, 19-26
CEP 17012-110
Telefone: (14) 3235-3878
Fax: (14) 3235-3879

SÃO PAULO
Rua Tenerife, 31 - Conj. 21 e 22
CEP 04548-904
Telefone/Fax: (11) 3048-2900

E-mail: contato@astralcultural.com.br

Quer adivinhar o futuro?
Investigue seus pensamentos no presente.

Estou em um lugar insólito, parte místico, parte circense, parte estranho. Tomei a decisão de vir até aqui após ouvir o relato entusiasmado da minha irmã mais velha, que contou maravilhas e coisas surpreendentes a respeito de seu provável futuro em todas as áreas da vida. Não sou de acreditar em adivinhações, mas também não sou completamente cética. O que importa saber é que gosto de xeretar o meu destino, como se de fato pudesse mudar alguma coisa e, até mesmo, evitar sofrimentos desnecessários. A gente gosta de se iludir, fazer o quê?

A tenda de tecido, com padrões esquisitos, até que é bem bonitinha. O chão é de terra batida e a iluminação se dá por conta do sol do lado de fora e de meia dúzia de velas queimando em um castiçal prateado.

O aroma de incenso está forte, mas não chega a pinicar as narinas, nem provoca espirros involuntários. Acho que é mirra, ou talvez, seja almíscar. Sei lá, não sou boa em identificar aromas.

A cadeira na qual estou sentada não é lá muito confortável e está meio bamba, o que me deixa insegura. Também tem esse frio esquisito na barriga desde que me sentei, um troço bastante incômodo.

Na minha frente, uma mesa de madeira está parcialmente recoberta por um tecido vermelho, brilhante como cetim. Sobre a toalha, há alguns itens esotéricos, como cristais, anjos, imagens de santos, dois pêndulos presos em correntes e uma intrigante cesta contendo o que parece ser uma oferenda. Espero que não seja para o lado negro da força, se é que me entende.

Apesar de todas as distrações no entorno, estou mesmo interessada é no baralho e nas cartas já dispostas sobre a mesa. Perguntei sobre a minha carreira, família, viagens, dinheiro e, agora, farei a interrogativa-mor que me trouxe até este local inusitado. Falando sério, estou me sentindo meio boba, mas que se dane.

— O amor anda bem difícil ultimamente. O que as cartas dizem sobre isso?

A vidente rechonchuda e supermaquiada me encara, com aquele olhar de "eu sei o que você fez na vida passada, e o bicho vai pegar para o seu lado, garota". Engulo em seco e arrasto a cadeira para trás, como se pudesse escapar ao meu destino trágico e cruel.

Dramas à parte, a mulher com ares de cigana leva os indicadores às têmporas de forma um tanto teatral. Suas pulseiras tilintam, e eu cruzo os braços, bufando sem querer. É muita tolice para um sábado ensolarado, não? Eu poderia fazer outra coisa da minha vida, mas cá estou eu, buscando respostas para perguntas que nem sei ao certo quais deveriam ser.

A cigana continua concentrada e estou perdendo a paciência. Certo, minha serenidade é lenda urbana, portanto, foi um apontamento idiota. Para acelerar a marcha por aqui, lanço um questionamento insistente, num murmúrio audível:

— Consegue ver algo a respeito do meu futuro amoroso?

Saindo de um transe muito doido, a mulher abre três cartas. Estreita o olhar, como quem busca compreender uma equação matemática complexa demais. Fico na expectativa de uma resposta positiva ou, pelo menos, não tão negativa assim.

Os lábios avermelhados da cigana se movem e o som de sua voz arrastada faz meus pelos arrepiarem e minhas pernas bambearem. A fala dela é sem nexo e estou prestes a ter um surto.

— Acho que não ouvi bem. — Limpo os ouvidos e aperto os olhos, numa tentativa insana de escutar outra coisa.

— Como eu disse, só vejo escuridão.

— Hein? Como assim só vê escuridão? Tem três cartas aí na sua frente! — Perco a compostura e debruço os peitos em cima da mesa. — Deixe-me ver, por favor. Isso não pode estar certo.

A cartomante gira as cartas em minha direção. É um baralho comum, desses com que a gente joga buraco – no meu caso, é truco mesmo. Não compreendo o que os naipes dizem, muito menos os números. Na boa, não vejo escuridão nenhuma sendo anunciada e essa mulher só pode estar zoando com a minha cara.

— Não entendo — retruco, um tanto alterada. — Onde está a escuridão? — Aponto para as três cartas, desesperada.

— O baralho é só um instrumento de leitura. O que vale é o que eu vejo através deste olho aqui. — Ela bate o indicador na testa, bem no meio dos olhos. — O terceiro olho ninguém engana.

—Tá falando daquele troço zen?

— Não é um *troço*. — A mulher revira os olhos, entediada. — Pelo amor de Deus, posso terminar a minha leitura?

— Olha, você vai me desculpar, mas depois desse lance de escuridão eu não quero saber de mais nada por hoje. — Abro a bolsa e tiro de lá uma nota de cem reais novinha, recém-saída do caixa eletrônico. Maldita hora em que fui ouvir a minha irmã a respeito das maravilhas da vidente-cartomante-três-olhos. — Fique com o troco.

— Não tem troco, a consulta é cem reais.

Não me dou ao trabalho de responder. Agradeço, dou meia-volta e me apresso em dar o fora da tenda localizada em um parque de diversões itinerante. Não acredito que gastei cem paus numa vidência furada. Ah, como eu sou estúpida.

— Ei, quando a escuridão aparecer, não deixe de me procurar, tá legal? — Ouço o grito dela às minhas costas e resolvo não responder ao desaforo.

Irritada em um nível extremo elevado ao cubo, caminho pisando duro em direção ao carro estacionado mais adiante.

Aliso os cabelos para trás das orelhas e enxugo gotículas de suor que brotam na minha testa.

O calor está de matar, e a raiva está agindo como uma fornalha interna, piorando sensivelmente o meu quadro emocional-dramático-alarmista. Vou sofrer combustão espontânea se continuar desse jeito.

Deixo o corpo cair sobre o banco do motorista e mal posso esperar para xingar a minha irmã. Pesco o celular dentro da bolsa e, num comando de voz, a ligação se completa. Três toques depois ela atende, toda animada:

— E aí, como foi a consulta? A mulher não é um arraso?

— Rasguei uma nota de cem reais, tem noção? — Rosno.

— Rasgou como? Tá falando que a vidência não foi legal, é isso?

— Poxa, Agatha, que sacanagem. Que cartomante fajuta do caramba. — Estresso.

— Me conta logo! O que ela disse?

— Onde você está? — Checo o relógio do carro e é quase meio-dia.

— Tô na clínica, esqueceu que estou de plantão?

— Ah, é.

— Cléo, você almoçou?

— Ainda não. E você?

— Tô varada de fome. Vem pra cá, vamos comer alguma coisa no boteco da esquina e você me conta sobre a vidente, combinado?

— Prepare-se. Vou te xingar até o dia da sua morte.

A vida é como um shopping.
Escolha sua loja preferida e materialize o que deseja.

Fuço na salada e remexo no salmão que foi grelhado além do limite aceitável. Odeio crosta queimada, tem sabor de carvão usado. Não que eu já tenha comido, mas imagino que seja parecido.

Minha irmã está com os cabelos acobreados presos no alto, com dois lápis de cor enfiados no coque. Come o arroz com feijão com voracidade, sem nem parar para respirar. Ela é vegetariana e magra de ruim. Já eu, se como uma alface a mais, engordo dois quilos e juro que não é dramalhão.

Somos bem parecidas fisicamente. Olhos cor de mel, sardas nas bochechas, pele tão branca que chega a ser translúcida e cabelos levemente avermelhados, puxados para o tom de cobre.

A personalidade, no entanto, diverge bastante, e minha irmã sempre coloca a culpa nos signos e ascendentes. Tem também a tal da lua no momento do nascimento, mas não conheço os detalhes. Não sou muito fã de astrologia, horóscopo nem mapa astral. Prefiro a boa e velha intuição, se é que me entende.

Estou impaciente, quero ouvir logo os contra-argumentos da Agatha a respeito do que ouvi na vidência. A angústia toma assento ao meu lado e fica me cutucando de maneira muito irritante. Sendo assim, resolvo me pronunciar:

— O que achou do que contei? Você deve ter alguma colocação pontual pra fazer.

— Tô refletindo — ela diz, entre mastigações e goladas no suco de laranja, que, segundo consta, serve para que o organismo dela assimile a proteína formada pela combinação do arroz com feijão. Se é lenda ou não, nunca saberemos.

— Já entendi, você está com a boca ocupada demais para falar. Tudo bem, posso esperar.

Cruzo os braços e minha ansiedade sobe a níveis estratosféricos. Busco um autocontrole que só me pertence quando estou trabalhando, e Agatha aponta para o meu prato quase intacto.

— Não vai comer?

— Depois da escuridão amorosa, perdi a fome — resmungo.

— Para de drama, que coisa mais feia.

Agatha luta com os últimos grãos de arroz presos no caldo do feijão. Literalmente, raspa o prato, como se não houvesse amanhã. Só falta lamber a louça, mas, por sorte, ela tem noção. Finaliza o suco de laranja com uma golada ruidosa, limpa os lábios e me encara, pronta para falar.

— Sabe que não vou dizer somente o que você quer ouvir, certo? — Ela avisa.

— Sei.

Ela inspira fundo e começa:

— Bom, no geral, a madame Trina falou coisas boas sobre o seu futuro. A escolha da sua carreira foi assertiva, a família está ok, não faltará dinheiro e você fará algumas viagens e cursos. O problema aqui é que você só foca no que é ruim. A escuridão pode significar uma porrada de coisas, e você nem deixou a mulher se aprofundar na leitura. Poxa, você é tão corajosa... Mas, quando o assunto é o coração, você sempre sai correndo.

— Só de escutar a palavra "escuridão" quando a pergunta se refere ao amor, sou dessas que fogem para as colinas com provisões para um mês, no mínimo — rebato. — O que queria que eu fizesse?

— Deveria ter ficado lá e escutado até o final, Cléo. Agora vai ficar com a pulga atrás da orelha por semanas, eu te conheço.

— Já foi, já era. Só quero esquecer o lance sombrio. — Gesticulo, como quem espanta pernilongos assassinos geneticamente modificados.

Agatha recosta na cadeira e me analisa com um olhar clínico. Não gosto quando ela faz isso, sinto-me incomodada. Olho para o teto e fixo num ponto invisível, aguardando as considerações finais.

— Você sabe que cria o seu futuro a partir do presente, não? — Ela lança a interrogativa.

— É o que os sábios dizem — respondo.

— O que você ouviu da boca da cartomante são probabilidades. Ela leu seu campo energético e captou suas próximas manifestações no mundo material. Gosto de pensar que a vida é como um *shopping center,* onde escolhemos aquilo que vamos comprar. Agora, sobre essa tal escuridão, pode ser apenas figura de linguagem ou, talvez, diga respeito ao seu estado emocional. Você está fechada para balanço há muito tempo. Natural que uma vidente capte essa escuridão, esse casulo chato em que os cancerianos se enfiam quando se sentem pra baixo.

— Câncer é um signo legal, tá? — retruco, mal-humorada.

— Câncer é um signo que sente muito. Demais da conta.

Fecho os olhos e reflito sobre o que acabo de ouvir. Minha irmã não está falando nenhuma besteira, ela tem razão. Apesar dos pesares, não vou me deixar abater por uma vidente desconhecida, não posso acreditar em tudo o que ouço por aí. Se a escuridão é o que me resta, vou virar um sol.

— Absorva o que foi legal e descarte o que não te agradou — Agatha aconselha. — E mude a qualidade dos seus pensamentos, seja mais positiva com relação ao amor. Ele existe, pode acreditar.

— Hoje em dia, amar tá osso. É como enfrentar uma horda de bandidos armados com uma mísera flor na mão. Você é casada faz tempo, não tem noção do que está rolando no reino das conquistas amorosas.

— Analogia interessante essa dos bandidos. — Agatha segura o riso. — O que está fazendo para a sua vida amorosa dar certo, hein?

— Que tal deixarmos esse assunto pra lá? — Estalo os dedos, como quem se benze.

— Fugitiva de assuntos do coração — ela nomeia. — Tudo bem, não quer falar, não vou insistir.

— Vamos conversar sobre coisas mais agradáveis, tipo, quem vai ficar de plantão amanhã na clínica? Domingão... Dia de preguiça e tal.

— O Kléber tem um churrasco. Você ficou de plantão na semana passada. Acho que sobrou pra mim. — Agatha parece não se importar.

— Posso assumir a parte da tarde. Não tenho nada melhor para fazer e você tem um marido muito carente para cuidar.

— É, o Diego anda bem carente. — Minha irmã revira os olhos. — Estou em falta, no fundo ele tem razão quando reclama da minha ausência.

— Então, pronto. Plantão resolvido. — Ergo a mão e peço a conta. — Agora, vou pra casa cuidar dos meus meninos carentes. Já estão sozinhos faz tempo.

— Vai me render que horas amanhã? — Agatha enfia a mão na bolsa e tira de lá uma carteira estilosa, um presente que dei no Natal passado.

— Quero tirar a manhã pra vadiar. Duas da tarde tá bacana?

— Está excelente. O Diego vai te amar para sempre.

— Depois eu que sou a dramática da família. — Torço o nariz. — E deixe essa conta comigo, você pagou o sorvete ontem.

— E você rasgou cem reais hoje. — Agatha debocha.

— Ninguém tem culpa da minha escuridão tenebrosa. Você paga a próxima, beleza?

— Tudo bem, a próxima é minha.

O destino de todo o ser humano é amar incondicionalmente.

Domingo desperta com um sol escandaloso e previsão de pancadas de chuva no final do dia. Eu tinha programado ficar de bobeira pela manhã, mas o ócio me deixa nervosa. Sendo assim, visto uma legging, camiseta, amarro um moletom na cintura e calço o par de tênis para caminhada. Depois de tomar um copão de *shake* de frutas vermelhas congeladas batidas com água de coco e iogurte, saio do prédio, com o destino traçado.

A prefeitura resolveu aplicar de forma decente o dinheiro e inaugurou um parque bem bacana no bairro há algumas semanas. Agora, temos onde caminhar sem preocupações.

É setembro, época de jardins floridos por toda a cidade. As árvores estão mais resplandecentes do que nunca e o calçamento está recoberto por uma camada aromática. É impossível não inspirar e fechar os olhos, só para experimentar a sensação na máxima potência.

Vejo o amor por todos os lados e, ao mesmo tempo, em lugar algum. As pessoas parecem não perceber o amor brotando na terra revolvida, nas gotas de orvalho que ainda não condensaram, ou mesmo nas nuvens branquinhas que formam desenhos a cada novo golpe de vento. Tão triste essa constatação.

Passo por lojas fechadas e as vitrines estão megaprimaveris. Vestidos fluidos, blusinhas esvoaçantes e saias superfrescas de tecidos geladinhos. Adoro esta estação do ano, tudo fica muito colorido e alegre.

A banca de frutas está movimentada e dou um oi para a tiazinha gente boa que vive me dando umas frutinhas exóticas para experimentar. Nunca me lembro o nome dela, minha memória é uma lástima.

Atravesso a rua e já enxergo a entrada do parque. Além dele, logo depois do portal, noto os raios solares incidindo sobre o lago artificial cheio de peixes dourados. A fonte de água funciona como um prisma que reflete a luz solar em sete cores distintas. Adoro arco-íris, lembram-me que o divino existe e que a natureza é perfeita, apesar do aparente caos.

Descompromissada, entro no parque e continuo o passeio pela trilha de cimento queimado, inspirando aroma natural e exalando relaxamento. Amo caminhar ao ar livre sempre que consigo um tempo na doida e lotada agenda veterinária, coisa rara de acontecer. Nesse ramo, as emergências acontecem o tempo todo.

E, por falar em urgência, estou com duas delas, uma em cada mão:

Na coleira da direita, está o estabanado golden retriever, o gigante peludo conhecido por todo o bairro como Loki. Não se trata do vilão da Marvel, vou apenas afirmar que esse cachorro é muito doido. Seus pelos dourados esvoaçam à mais leve brisa e ele apura o focinho tão logo se aproxima de sua marquise preferida. Parece inquieto, talvez esteja se perguntando quem foi o outro macho que demarcou aquele território. Numa tradução da língua canina, o diálogo mental soa da seguinte forma na minha cabeça: "Nenhum macho pode marcar o meu pedaço. Ei, ainda tenho umas gotinhas de xixi, vou deixar a minha marca registrada. Ahhhhhh, pronto, assim está melhor".

Na coleira da esquerda, Osho, um lhasa apso, finge não estar nem aí para as marcações de território. Dá uma cheirada no local e acha melhor guardar suas armas líquidas para um momento mais oportuno.

Osho retoma a caminhada e seu pelo acinzentado se arrasta pelo chão, funcionando como uma excelente vassoura, carregando folhas secas e galhos soltos. Como sempre acontece no retorno de um passeio, vou ter muito trabalho para escovar esse menino.

Enquanto penso na empreitada de logo mais, Osho esbarra em uma moita que parece bem interessante. Com uma atitude de descaso, bem típico desse carinha, ele demarca o lugar e seguimos em frente.

A paisagem é inebriante, mas minha mente não para de funcionar um instante sequer. Eu poderia estar apenas curtindo a atmosfera, mas não. Meu cérebro retoma o assunto *escuridão tenebrosa* e o desamor total e absoluto, e eu tenho vontade de dar um tapa na minha própria cara.

Chacoalho a cabeça para me centrar. Loki dá uma puxada brusca na coleira, e Osho rosna, ranzinza como sempre. Amenizo na bronca, e o golden abre a boca e deixa a língua cair para fora, algo que lembra um sorriso.

Aparências à parte, sei bem que não se trata de um riso. Logo que ingressei na faculdade de veterinária, descobri que os cães suam pela língua e está óbvio que o Loki cansou de passear devido ao calor infernal. Sendo assim, resolvo voltar para casa.

Osho precisa caminhar devagar por conta de suas condições atuais e Loki não tem muita paciência para esperar o cão idoso. Com o focinho, apressa-o, cutucando o bumbum dele de forma nada amistosa, e me vejo impelida a intervir de novo.

— Loki, você precisa aprender a esperar o Osho. Ele é velhinho e não enxerga. Quantas vezes vou ter que repetir?

Por incrível que pareça, o golden compreende o que estou dizendo. Atrasa suas patas ansiosas e entra em sincronia com a caminhada vagarosa do lhasa. Quem disse que esses caras não possuem inteligência e sentimentos? Rolou uma empatia forte nesse momento, e estou achando o máximo, tanto que bato palminhas afetadas.

Lentamente, atravessamos o parque e saímos para a calçada. Osho cheira o ar e demonstra certa insegurança quando escuta o som dos carros deslizando na avenida. Como um bom amigo, Loki recosta nele, como quem diz: "Você não está sozinho, parceiro. É nóis, aqui é Corinthians".

Pois é, meu golden é torcedor fanático do Corinthians. Sempre que os jogadores entram em campo, ele fica doidão assistindo, como se estivesse dentro do gramado também. Chega até a cabecear para o gol, uma loucura só. Eu me divirto horrores.

Enfim, continuamos o trajeto a caminho de casa, ladeando o parque. Pássaros batem em revoada e flores caem das árvores, numa chuva primaveril. Observo o tapete de cores sob os pés e é impossível não sorrir diante do cenário. Parece fim de carnaval, aquele momento em que as crianças juntam os confetes e jogam tudo para cima. Ah, tempos bons aqueles.

Um aroma característico cruza o nosso caminho, e tanto Loki quanto Osho param de andar instintivamente. Farejam o ar em busca da fonte apetitosa que despertou seus sentidos. Olho para o lado e o *food truck* HotCão já começou a servir os cachorros quentes mais famosos do pedaço.

— Ah, não, nada de salsicha pra vocês. — Repreendo.

Ambos latem e preciso fazer uma força descomunal para colocar os dois gulosos no caminho de volta para casa. Loki até tenta escapar, mas mantenho o pulso firme e os dedos bem fechados em torno da guia.

Cabisbaixos, meus dois meninos aceitam seu trágico destino que, infelizmente, não inclui umas salsichas. Passamos pela barraquinha de churros e pelo tiozinho que vende jogos pirateados. Nenhum deles demonstrou interesse pelos jogos, mas farejaram alto a moça dos churros.

Mais adiante, existe um cruzamento perigoso em dias comuns. Hoje, o trânsito está leve e poucos carros passeiam pelas ruas tranquilas da cidade. A movimentação se dá por conta dos pedestres que estão entrando e saindo do parque, como se amanhã não fosse segunda-feira.

Ao chegar no cruzamento, aciono o botão do semáforo e aguardo o verde destinado aos transeuntes. Loki senta-se sobre as patas traseiras e emite um ruído que mais parece um choramingo. Procuro em torno e acabo me detendo em uma cena que acontece do outro lado da avenida.

Um rapaz está prestes a atravessar a rua. Possui uma bengala prateada em uma mão e, na outra, a guia de uma coleira. Pela postura e pelos óculos escuros, acredito que se trate de um cego e o seu cão-guia é da mesma raça de Loki.

— É uma menina, é isso? — indago ao meu golden.

Au-au. Minha mente traduz assim: "É claro que é uma menina e ela é linda".

— Hmmm, entendo. Mas não fique todo animadinho, cães-guia são *workaholics*, só pensam em trabalho e nada de diversão, sacou?

Loki faz mimimi e Osho permanece na dele, como um ser superior que alcançou a iluminação. O rabicó, sempre curvado para cima, é um clássico sinal de que é um baita nariz empinado. Mas, para os íntimos, ele é um bebezão que adora uma boa bagunça. E vou confessar: adoro zoar esse carinha, é muito divertido.

O semáforo resolve colaborar e o verde anuncia que podemos cruzar a avenida. Por precaução, pego Osho no colo e avanço, escoltada pelo golden que segue bem ao meu lado, como um protetor. É uma característica dessa raça e acho esse tipo de zelo muito amoroso.

Assim que alcançamos a calçada do outro lado da avenida, algo fora de esquadro acontece. Giro o pescoço para entender o que está havendo e as cenas subsequentes arrancam todo o ar dos meus pulmões, como um soco bem no meio das costelas.

Um carro veloz surge do nada e avança o sinal vermelho.

A sirene da polícia berra aos ouvidos no encalço.

Um encapuzado enfia metade do corpo para fora do carro.

Tem algo reluzente em sua mão.

Um tiro ecoa pela avenida.

Um rapaz é jogado ao chão.

O uivo de um cão assusta as pessoas.

Uma tragédia está em andamento.

Deus criou o homem à sua imagem e semelhança.
E criou o cão, num momento de fofura extrema.

Não sei se corro, compro uma bicicleta ou se me recosto em algum lugar e espero a tremedeira passar. A polícia continua perseguindo o carro fugitivo e os pneus gritam quando fazem a curva logo depois do parque.

Apesar da rapidez dos acontecimentos, a cena anterior se fixou na minha mente em câmera lenta. Meu cérebro registrou, armazenou e está repassando cada quadro, cada mínimo detalhe com absoluta precisão. Vou demorar meses para esquecer o que acabei de presenciar.

O rapaz e seu cão-guia estavam atravessando a avenida. O carro preto surgiu do nada e cortou o sinal vermelho, como se tivesse ultrapassado o portal do inferno para o mundo terreno. Alguém encapuzado enfiou o corpo para fora do veículo e disparou uma bala na direção dos policiais que vinham no encalço. O cão-guia percebeu de antemão o que estava para acontecer e reagiu, empurrando o homem para a calçada e recebendo o tiro no lugar dele.

Nesse momento surreal de um domingo até então calmo, o cão-guia está estirado no asfalto, tingido por um vermelho rubro. O rapaz caído no meio-fio começa a se erguer e grita algo ininteligível. Espere, ele está chamando pelo cão. Vida. É o nome do cachorro. Na verdade, uma cadela. Loki tinha razão.

— Vida, pelo amor de Deus, onde você está? — Ele urra de forma animalesca, acima do sibilar do cão.

Meu coração se estilhaça em mil pedaços. Apesar disso, continuo congelada no tempo-espaço. Loki se aproveita da minha bobeira e escapa da minha mão trêmula. Corre na direção da cadela que uiva, em um lamento doloroso aos ouvidos.

Osho está no meu colo e enfia o focinho gelado no meu pescoço, gemendo de terror. É o que basta para que eu desperte do reino congelante da impotência e resolva fazer alguma coisa que preste.

— Calma, meu velho, vai ficar tudo bem. Nós temos que ajudá-los e eu preciso que você colabore comigo — sussurro para o Osho e ele parece compreender o que está acontecendo. — Me dê uma força aqui, supercão, que estou com as pernas bambas.

Apesar de travada, dou um jeito de os pés se moverem e me apresso em direção ao acidente, com o lhasa a tiracolo. Alguns curiosos se aproximam e alguém está ligando para a polícia. Abro espaço entre as pessoas e já chego dando uma carteirada:

— Eu sou veterinária, deixem-me passar, por favor.

Fico sem saber o que fazer com o Osho. Uma senhora muito distinta percebe a minha aflição e se oferece para ficar com o meu pequeno lhasa assustado. Sem pensar duas vezes, estendo o meu velho peludo na direção da mulher. Ele nem resmunga, sabe que é necessário.

Ajoelho perante a ocorrência enquanto Loki caminha em círculos ao redor da cadela. Suas quatro patas marcam o asfalto com sangue e o golden parece saber que o assunto é sério, tanto que sua aura brincalhona dá lugar a uma vibração preocupada.

O proprietário da Vida está enlouquecido. Tateia o ar e desvencilha-se de um homem que está tentando ajudá-lo a compreender o que está acontecendo. Ele não quer entender, só precisa ter certeza de que sua cadela vai ficar bem.

Abstenho-me de qualquer comentário a respeito das condições do animal. Com tanto sangue, fica difícil precisar o tamanho do estrago. Inicio os primeiros socorros, apesar de nunca ter tratado um cão baleado antes. Estanco o sangue com as mãos, mas não é o bastante. Sendo assim, desenlaço a blusa de moletom da cintura e pressiono a ferida com o tecido grosso. Vida solta um clamor agonizante e me seguro como posso para não surtar geral.

— Preciso de ajuda aqui, ela está perdendo muito sangue! — Assumo um tom de urgência. — Minha clínica é no final desta avenida. — Aponto para além do semáforo. — Alguém pode nos levar, por favor?

A resposta chega apressada e com a sirene ligada. O carro da ronda do bairro para no meio do asfalto e dois policiais saltam da viatura, prontos a ajudar. Conheço bem os fardados, afinal, moro nesse bairro desde que me conheço por gente.

Amaro é um cara alto, corpulento e grisalho. Devido à idade, seus movimentos andam vagarosos, mas ele é um excelente policial, tanto que ganhou quatro condecorações ao longo da carreira.

O outro policial, apelidado de Mocha por ser capaz de tomar até dez *mochaccinos* de caramelo por dia, é um cara mais novo, um tanto tímido, mas muito gente boa. De vez em quando, a gente troca umas ideias sobre cães, já que ele tem oito vira-latas.

Amaro se ajoelha ao meu lado e acaricia Vida com um olhar penalizado. Antes que eu diga alguma coisa, ele se adianta:

— Nós ouvimos a ocorrência pelo rádio e viemos o mais rápido possível. Tem alguém na clínica, Cléo? Você está com as chaves?

— Minha irmã está de plantão. Temos que remover a cadela o mais rápido possível.

— Deixe isso comigo.

O policial se levanta do chão e chama três caras que estão de bobeira, só acompanhando o desenrolar dos acontecimentos. Pede ajuda e eles se aproximam, erguendo a cadela com dificuldade, enquanto continuo pressionando o moletom contra o ferimento.

— Amaro, você pode pegar o Osho, por favor? — Aponto para a senhora com o meu cão no colo.

— Claro, deixe o carinha comigo.

O outro policial se aproxima para ajudar na empreitada. Vida é gentilmente levada para o banco de trás da viatura e tomo assento ao lado dela, ainda pressionando o tecido para estancar o sangue.

Tão logo me ajeito, lanço um assobio alto o suficiente para que o Loki ouça. Ele se aproxima da viatura e, num tom que não deixa espaço para discussões ou rebeldia fora de hora, ordeno:

— Loki, vá para a clínica, garoto! Agora! — Ao som da minha voz, ele sai em disparada, com destino certo.

Dirijo-me ao policial Mocha e meneio a cabeça na direção do rapaz cego ainda perdido após o tiro. O fardado gira o pescoço para encará-lo e estreita o olhar, como quem está tentando entender a situação.

— Eu não sei quem ele é, nunca o vi por aqui — relato para Mocha enquanto Amaro entra no carro com o Osho e liga o motor. — Ele é o proprietário da cadela e ela o salvou do tiro. Sério, foi uma heroína.

O policial finalmente compreende o cenário e puxa a responsabilidade para si:

— Vá na frente e salve o cachorro, Cléo. Eu cuido dele.

A vida, independentemente da forma que assuma, só deseja uma coisa: viver intensamente até o fim.

O trajeto é curto, apenas dois quarteirões até a clínica. A cabeça da cadela está no meu colo e ela não se mexe, como se soubesse que a bala pode incrustar ainda mais fundo em seu dorso.

Um tanto descoordenada, consigo pescar o celular na minha bolsinha de caminhada e envio uma mensagem de áudio para a Agatha, avisando da emergência. Minha irmã visualiza e responde de bate-pronto. Quando chegamos na Franciscão, as portas já estão abertas, aguardando a Vida.

A clínica era o meu sonho e se tornou realidade há dois anos. A fachada foi muito bem elaborada e gastamos uma grana alta na arquitetura. A logomarca foi desenhada por um designer premiado e não me canso de olhar e babar pelo resultado.

São Francisco de Assis faz parte da decoração. Está em almofadas, imagens, quadros e no tapete personalizado, desenhado com exclusividade para a clínica.

Através do vidro, vejo Loki na recepção e meu cão parece atordoado. Caminha em círculos, como quem está aflito demais para ficar parado. Noto que já está sem a coleira e suas patas não estão mais sujas de sangue.

Agatha se aproxima da viatura e pega Osho no colo, levando-o para dentro. Nesse meio-tempo, Amaro e eu fazemos uma força excepcional para tirar Vida do carro.

— Caramba, não é um cachorro, é um touro. — O policial se esforça além do limite e gotas de suor brotam em suas têmporas. — Quanto ela pesa?

— Visualmente, eu diria que ela tem uns quarenta e cinco quilos — informo, bufando.

— Minha nossa, estou fora de forma. Costumava levantar cem quilos sem suar.

— Quando foi isso? — pergunto, usando um tom mais debochado do que deveria.

— Uns trinta anos atrás, eu acho. E, se ousar me chamar de velho, não se esqueça de que tenho porte de armas, e você, não.

— Amaro, fala sério, eu jamais te chamaria de velho. — Deixo um sorrisinho irônico escapar, e o policial revira os olhos, mas não estressa.

Vida emite um ruído, uma espécie de choramingo. Apesar da dor pungente que deve estar sentindo, colabora com a gente e não se debate muito. Estamos nos esforçando para não desgastá-la demais, mas é difícil pacas.

Agatha volta para nos ajudar. Escancara a porta de entrada e passamos com muita dificuldade pelo umbral. Amaro segue de costas e vou guiando seus passos até chegarmos às portas duplas que nos levarão ao centro cirúrgico.

Ultrapassamos o portal e colocamos Vida sobre a maca gélida e asséptica da sala de operações. O policial segura a cadela enquanto executo os procedimentos de praxe.

Lavo as mãos com bastante álcool e luto com as luvas até encaixar todos os dedos. Agatha me estende o jaleco branco com o logotipo da Franciscão e visto-o rapidamente.

Quando assumo a Vida, Amaro se afasta e se recosta na parede lateral. Enxuga o suor da testa, ainda ofegante depois de tanto esforço. Eu deveria gentilmente expulsá-lo, mas hoje é um dia atípico para todos nós. E, no mais, posso precisar dele a qualquer momento, já que estamos somente Agatha e eu na clínica.

Iniciamos uma dança sincronizada. Minha irmã conecta os aparelhos de monitoramento e posiciona o foco luminoso no local ideal. Enquanto isso, preparo uma dosagem de anestésico e injeto no dorso do animal, cuidadosamente.

Agatha prende Vida na maca, com gentileza. Conversa com ela o tempo todo, bem baixinho. Esse procedimento costuma funcionar com cães dóceis. Os mais ariscos precisam de tratamento de choque com focinheira e voz altiva.

— Já podemos entubar — aviso, e Agatha prepara a anestesia inalatória.

Vida parece mais relaxada e, enquanto espero a anestesia fazer efeito, limpo o ferimento e raspo o pelo, clareando o local perfurado. Não tenho certeza de nada, mas posso apostar que o projétil está intacto.

O policial continua ali, sem saber o que fazer. Anda em círculos, como um cão correndo atrás do próprio rabo. Já que não está fazendo nada melhor da vida, indico uma cadeira e peço que se sente, pelo amor de Deus. Preciso me concentrar.

— O que houve, Cléo? Quem atirou nela? — Agatha finalmente questiona.

— Eu não sei. O cara estava encapuzado e fugindo da polícia.

— Foram assaltantes de caixas eletrônicos — Amaro conta, abanando a lapela do uniforme, como se estivesse superaquecendo. — É uma quadrilha que está agindo nesta região há alguns meses. Hoje, com certeza, vamos pegar esses cretinos.

— Amém, viu. — Agatha arremata.

Vida está altamente sedada, então, limpo o ferimento novamente. O sangue para de escorrer, e agora posso trabalhar com tranquilidade na retirada da bala. Silenciosamente, peço proteção a São Francisco de Assis assim que Agatha estende o bisturi.

A parte mais difícil na vida de um veterinário são momentos como este, em que o controle está em nossas mãos e, ao mesmo tempo, escapa delas. Sei exatamente como proceder, mas o resultado é sempre uma incógnita. Por mais que execute o meu trabalho com perfeição, tudo pode dar errado.

E nunca consigo me perdoar quando as coisas ficam ruins.

É como se o mundo tivesse parado até de respirar, minha visão se estreita e meu foco é somente o ferimento à bala. Deslizo o bisturi com precisão, aprofundando a lâmina no dorso do animal. O projétil está alojado em um local de fácil acesso e nenhum órgão parece ter sido comprometido.

— Você é tão ansiosa, mas, quando está trabalhando, é outra pessoa — Agatha balbucia.

— Isso é um elogio? — questiono, sem me desconcentrar.

— Com certeza.

Abro o ferimento o suficiente e deixo o bisturi de lado, analisando todas as possibilidades. Peço que Agatha ajeite o foco luminoso e, assim que ela o faz, tenho certeza do procedimento a seguir.

— A bala está intacta, sem estilhaços — anuncio.

— Ah, que alívio. — Agatha expira alto, como se estivesse prendendo o ar nos pulmões.

— Como estão os sinais vitais? — questiono, concentrada no projétil prateado.

— Estáveis.

Neste momento, um falatório incessante invade o centro cirúrgico. Alguém está discutindo com o Mocha na sala de espera numa altura desmedida. Ele quer invadir o espaço e parece não aceitar um não como resposta. Ah, caramba, eu só preciso de paz, será pedir muito?

— O que está acontecendo lá fora? — Agatha pergunta e olha para as portas duplas que separam o centro de operações da sala de espera.

— Vou dar uma olhada. — Amaro se prontifica e destrava o coldre que carrega na cintura.

— Ei, nada de armas. — Intervenho. — É só o proprietário da cadela, pegue leve.

— Eu já venho.

Antes que o policial alcance as portas, o rapaz invade a sala, tateando com a bengala à sua frente. Os óculos escuros não impedem que seu semblante desesperado fique transparente aos meus olhos. Sei o que ele está sentindo, minha empatia costuma funcionar como um sexto sentido quase o tempo todo. Mas esse desespero não vai ajudar em nada, e eu preciso de silêncio para trabalhar.

— O senhor não pode ficar aqui dentro. — Mocha se antecipa e puxa o braço do rapaz.

— Eu não vou sair daqui — ele rosna, nada amigável.

— Você ouviu o que o policial disse? — Agatha intervém. — Não pode ficar, estamos trabalhando.

— Deixem ele comigo. — Amaro estufa o peito e segura a mão do cara, numa torção que, provavelmente, aprendeu na academia de polícia. Se o rapaz não colaborar por bem, acho que a coisa vai doer. — Não dê uma de durão. Sua cadela vai se recuperar se você não atrapalhar.

Amaro e Mocha retiram o rapaz da sala com alguma dificuldade. Torno a me concentrar na bala incrustada no dorso do animal. Faço uso de uma pinça esterilizada e não consigo mover o projétil. Tento forçar um pouco mais e noto que estou machucando uma área que já está sensibilizada demais.

— Cléo, vai ter que arrancar na raça.

— É, eu percebi.

Deixo a pinça de lado e enfio dois dedos enluvados dentro do ferimento. Abraço a bala com firmeza e, num movimento frio e calculado, puxo o projétil para fora.

— Ah, assim está bem melhor — comemoro e giro a bala na altura dos meus olhos.

— Que bom que é uma golden. Se fosse um cachorro com menos excesso de gostosura, estaria morto — Agatha comenta e me estende um recipiente. Deposito a bala ensanguentada ali e volto a atenção para o ferimento exposto. — Acha que o Amaro vai precisar disto? — ela pergunta, sacodindo a bala ruidosamente dentro do receptáculo de metal.

— Talvez ele queira levar para a balística.

— Bom, vou lavar e enfiar num saquinho plástico.

Ela me dá as costas e continuo o trabalho de limpeza da área ferida. Pingo umas gotas de iodo e já estou pronta para iniciar a sutura.

— Agatha, tem linha atrás de você. Pode pegar pra mim?

— Tá na mão.

Minha irmã estende o fio e volta sua atenção para o monitor. Checa a anestesia e resolve diminuir um pouco a intensidade. Ela é uma excelente anestesista, uma das únicas em quem confio quando entro em cirurgia.

— Quase acabando — informo e dou o penúltimo ponto.

— Você se tornou uma excelente veterinária, Cléo. Não sabe o orgulho que sinto da minha irmã mais nova. — Ela aponta, com um olhar de admiração.

— Sabe que você foi a minha grande inspiração, não é?

— Sei, sim. E eu me sinto muito feliz por isso.

O amor verdadeiro é a cura
para todo o mal do mundo.

Vida está estável e a expressão de dor dá lugar a um semblante calmo, quase zen. Finalizo a sutura com um nó e corto o excesso. Acaricio o pelo da cadela com amorosidade e enxugo o suor na testa com as costas da mão enluvada.

Respiro bem fundo para aliviar as tensões. Deposito os instrumentos em um carrinho e tiro as luvas, jogando-as dentro de uma lixeira. Agatha corta a anestesia e injeta um coquetel no dorso do animal dormente.

— E você disse que hoje de manhã iria só ficar de bobeira e relaxar — Agatha comenta, com uma expressão tranquila.

— Não é? — Sorrio, cansada. — Deus tinha outros planos pra nós.

— Fez um ótimo trabalho aqui. — Minha irmã aponta para o ferimento suturado. — Agora a pergunta que não quer calar: ligar ou não para o Kléber, eis a questão.

— Acho melhor ligar. Você ficou de plantão pela manhã, ficarei à tarde e o problema é todo dele à noite. Concorda?

— Ele é sócio da clínica também, superconcordo. — Agatha faz um joinha e me lança uma piscadela. — Se ele estiver prestes a pegar alguém no churrasco, com certeza vai querer matar a gente.

— Vai nada, aquele lá não pega nem resfriado. Muito mole. — Reviro os olhos.

— Como sabe disso, mocinha? — Minha irmã aperta os olhos e revira até os meus pensamentos. — Rolou algo que não estou sabendo?

— Não comigo. — Ergo as duas mãos, ficando na defensiva. — Lembra daquela atendente que tivemos, a Sandra?

— A loira?

— Essa mesma. — Forço a mente para rememorar os acontecimentos. — Bom, a garota era meio dada, tá lembrada? Decotes escandalosos, usava saias que mais pareciam um cinto, vivia de batonzão e olhos bem marcados.

— É verdade, ela vinha trabalhar como se estivesse saindo pra balada. — Agatha leva o indicador ao queixo. — Eu gostava dela.

— Eu também gostava, mas isso não vem ao caso. O fato é que ela deu em cima do Kléber até cansar. E ele não fez nada.

— Nada? — Minha irmã ergue as sobrancelhas, chocada. — Nada mesmo?

— Nadinha. A Sandra me contou que jogou o Kléber no sofá da recepção em um dia de plantão e o cara saiu correndo.

— Acha que ele está trancado no armário?

— Não. Acho que é mole mesmo e morre de medo de falhar.

Minha irmã gargalha alto e acabo rindo da risada espalhafatosa dela. Enquanto ela se diverte com a desgraça alheia, pego o prontuário e anoto tudo o que foi relevante durante a cirurgia da Vida. Na sequência, listo os remédios que ela deverá tomar nos próximos quinze dias.

— E o proprietário lá fora? Vamos deixar entrar depois do escândalo ou vai rolar um chá de cadeira? — Agatha indaga, conspiratória.

— Ah, deixe ele entrar, só estava preocupado com a Vida.

— Lindo nome, né? — Agatha acaricia a imensa pata da cadela adormecida e ela nem *tchum*.

— Gostei também, muito sugestivo.

— Bom, vou lá chamar o proprietário, então.

De posse do saquinho transparente contendo o projétil retirado do dorso de Vida, Agatha sai pelas portas duplas a caminho da recepção da clínica. Pelo silêncio, imagino que a sala de espera esteja num clima lúgubre, como um velório. Nada a ver, não?

Ergo a proteção da maca, só por garantia. Vida dormirá um pouco mais antes de despertar da cirurgia. Não sei como ela vai reagir ao acordar, mas, conhecendo a raça, é provável que fique maluca ao perceber que não poderá bagunçar por alguns dias.

Abro um armário e tiro de lá alguns produtos e panos de limpeza. Conecto o plugue do esterilizador na tomada e começo a arrumação da sala de cirurgia. A urgência da situação nos pegou tão desprevenidas que deve estar tudo infectado por aqui e isso não é nada legal.

Alguns minutos depois, Agatha retorna com o proprietário da cadela em seu encalço. Minha irmã segura a porta e o cara passa pelo umbral, tateando o ar com a bengala prateada.

Ele parece aguardar novas coordenadas e Agatha se vê impelida a levá-lo à maca onde Vida está dormindo. Com gentileza, ergue a mão dele até que toque no pelo do animal.

— Perceba, ela está bem e respirando normalmente. Foi como eu te contei, a bala foi retirada com êxito, e a internação é só por precaução — minha irmã explica.

— Quantos pontos ela levou? — O rapaz quer saber.

— Doze. — Resolvo me pronunciar. — A propósito, sou a Cléo. — Não ergo a mão para cumprimentá-lo, mas toco em seu ombro apenas para situá-lo.

— Na verdade, é Cleópatra, mas ela odeia falar sobre o assunto. — Agatha me entrega, e reviro os olhos, jurando silenciosamente uma vingança.

Falando em nomes ridículos, minha mãe é muito doida e deveria ser internada ou processada pelas filhas. Quando minha irmã nasceu, ela estava acompanhando uma novela em que a protagonista se chamava Agatha. Nem preciso explicar o nome de batismo dela, não?

Agora, quando eu nasci, mamys estava lendo uma história sobre o Egito e ficou fissurada na vida de Cleópatra. Fico pensando... e se ela estivesse assistindo a uma novela mexicana? Ou um filme japonês? Ah, fala sério.

— Odeia o nome ou odeia explicar o motivo? — O rapaz quis saber.

— As duas coisas. — Ops, acho que rosnei. — Enfim, Vida ficará ótima muito em breve, não precisa se preocupar.

— Obrigado pelo que fizeram até o momento. — O rapaz agradece. — E, sobre a internação, é realmente necessária?

— O ambiente na recuperação é asséptico, as chances de uma contaminação são quase nulas. É o melhor lugar para ela ficar nas próximas vinte e quatro horas. Depois disso, é provável que eu dê alta — esclareço.

O homem acaricia o pelo do animal com um carinho extremo. Não existem lágrimas, mas a expressão dele é de dor e alívio ao mesmo tempo. Minha irmã e eu nos entreolhamos, entristecidas com a cena.

— Você tem noção do que houve lá? — interrogo o rapaz, com um tom amigável.

— Tenho sentidos bem desenvolvidos. Eu não vi, mas sei.

— Vida agiu rápido, como se pressentisse que você seria atingido — conto, e meus olhos imediatamente umedecem, compadecidos.

— Ela é uma cadela diferenciada.

— E com superpoderes — declaro. — A cena que presenciei ficará para sempre na minha memória. Foi impressionante.

— E a sua ajuda foi admirável, doutora. — O rapaz gira o pescoço como se soubesse exatamente onde estou. — Em um mundo egoísta como o nosso, poucas pessoas são capazes de agir com compaixão em momentos de crise.

— Não está dando o crédito devido à humanidade — rebato.

— A humanidade se perdeu ao longo da história.

— Está falando sobre suas experiências pessoais, pelo visto — aponto e sinto rugas indecifráveis se formando na minha testa.

— Minhas experiências pessoais são tudo o que eu tenho — ele retruca e retorna sua atenção para Vida. — Garota, fique bem logo, por favor.

— Como fará sem ela nas próximas vinte e quatro horas? — pergunto, interessada.

— Darei um jeito, não se preocupe.

Pessoas mentem, a vibração delas nunca.

O rapaz e eu estamos na recepção da clínica para preenchermos a ficha cadastral e a autorização de internação da Vida. Agatha permaneceu no centro cirúrgico, ajeitando a bagunça e acompanhando a recuperação da cadela ainda adormecida.

Na recepção, Loki e Osho estão dormindo em suas camas. O lhasa está em uma posição engraçada, com as quatro patas para cima. O golden está de lado e parece sonhar com alguma coisa apetitosa ao paladar canino. Ou sonharia com uma garota de quatro patas e pelos esvoaçantes? Ah, esse carinha é um pegador. Miro os dois dorminhocos e um sussurro perturbador invade os meus ouvidos, sem aviso. Respiro fundo e a sugestão continua ali, como um cutucão nas entranhas. Esta voz adora me tirar do centro e, desta vez, surgiu recheada de insanidade.

Chacoalho a cabeça, finjo que a voz não existe, sigo para o balcão e ligo o computador. O rapaz está parado no meio da sala, talvez aguardando que minha voz o guie. Aviso claramente onde estou e ele gira nos calcanhares, seguindo a vibração vocal.

— Certo, vamos preencher a ficha. — Entro no sistema e abro um novo arquivo. — Ainda não me disse o seu nome.

— Danton Lamartine.

— Sério? Como a companhia de seguros? — Uno as sobrancelhas, intrigada.

— Isso. Lamartine é o sobrenome do meu pai, fundador da companhia.

— Minha mãe trabalhou lá por anos — rememoro. — E, meses atrás... — Deixo a frase morrer no ar.

— Sim, meu pai morreu em um acidente aéreo.

— Eu sinto muito.

— Não sinta, não há motivos para tal.

Putz, com essa declaração, fico sem saber o que dizer, aliás, nem sei como interpretá-la. Sendo assim, retomo o preenchimento do cadastro de Vida e resolvo não me meter nos assuntos alheios. Digito o nome do proprietário e a raça da cadela.

— O que sua mãe fazia na Lamartine Seguros? — ele indaga, e parece realmente curioso.

— Era analista de riscos. Minha mãe tem faro para o perigo, uma loucura só.

Ao dizer isso, sorrio, tristemente. Acabo de fazer uma conexão interessante com a última frase recitada e todos os meus namoros que não deram certo. Minha mãe avisava do perigo iminente, mas eu preferia me fazer de surda e sempre incorria no mesmo erro. Que trouxa.

— Qual o seu endereço? — questiono, enquanto digito.

O rapaz pronuncia o nome da rua e acabo de descobrir que moramos no mesmo quarteirão, a cinco prédios de distância. Conheço bem o endereço, afinal, ele vive em um dos edifícios mais cobiçados e modernos do bairro.

— É um belo prédio — elogio. — Altamente tecnológico, pelo que eu soube.

— Sim. A tecnologia facilita muito a minha vida — ele confessa. — Faço praticamente tudo através do comando de voz.

— Sério?

— Generalizando, é a lei do mínimo esforço. Mas, para mim, é questão de qualidade de vida e sobrevivência.

De volta ao cadastro, descubro que Vida tem quatro anos e Danton quarenta e quatro. Digito particularidades da cadela, inserindo o prognóstico pós-operatório. Mesmo focada, continuo despistando a ideia escabrosa que insiste em permanecer na minha mente, como marteladas irritantes. Isso é ridículo e não vou dar ouvidos a tamanha barbaridade.

Esses sussurros do além me perseguem, como mosquitos irritantes. Às vezes, ouço dicas quentes. Em outras ocasiões, fico na dúvida sobre a procedência da informação.

A Agatha diz que devo procurar uma religião para entender os sussurros. Nunca fui atrás, até porque meu livre-arbítrio continua intacto. Ouço com atenção tudo o que vem do mundo invisível e uso uma peneira moral para avaliar o comunicado.

— Algum problema, doutora? — Danton questiona, curioso.

— Não, não. Por que a pergunta?

— Senti uma mudança na sua vibração. — Ele manifesta.

— Hein?

— E tem mais alguma coisa... uma presença... não sei bem.

Antes que eu possa argumentar, Loki desperta do reino dos hambúrgueres, ou talvez das cadelas lindas com pelos esvoaçantes. Desajeitado, tenta permanecer de pé sobre as quatro patas, mas o piso escorregadio não ajuda.

— Ei, Loki, dormiu bem? — Ergo o olhar e sorrio ao notar que o cão patina sobre o piso. — Vem cá, meu garoto bonitão. — Mudo o tom de voz, como se estivesse falando com uma criança.

Loki dá um jeito de se equilibrar e trota na minha direção. Cutuca meu joelho com o focinho, pedindo carinho fora de hora. Bagunço os pelos do animal carente, e ele curte tanto que seu rabo parece a hélice de um helicóptero. Quando paro de acariciá-lo, ele nota que tem mais alguém na recepção da clínica e late alto.

— Ah, eu não te apresentei. Este é o Danton, o proprietário da cadela dos seus sonhos. Vá cumprimentá-lo, Loki.

Au-au. Na tradução, entendo a coisa assim: "O que eu vou ganhar com isso? Um ossinho? Um *doguitos*? Um beijinho?".

— Vai ganhar um amigo, não é legal? — Tento animá-lo.

Loki dá uma boa olhada para Danton, medindo o cara dos pés à cabeça. O cão tomba a cabeça de lado e parece perscrutar a alma do estranho. Mas o que chama a atenção dele é a tal bengala prateada, tanto que late para o objeto.

Ele deve estar se questionando sobre o troço que mais parece uma arma branca. Danton não sabe o que está se passando e faz um movimento com a mão livre. O golden se vê impelido a chegar mais perto. Dá dois passos em direção ao cara e permanece demonstrando um certo grau de desconfiança.

— Sim, amigo, Loki — aviso, usando um tom de voz meigo. — Pode confiar.

Na mente canina, imagino que os questionamentos sejam simples: “Se é amigo, por que está empunhando uma arma branca? E por que não me encara? E onde está o carinho? Essa mão vai continuar aí, flutuando no ar?”.

Resolvo ajudar a solucionar o impasse. Saio de trás do balcão, pego a mão de Danton e um choque me surpreende. Recuo, por puro instinto de preservação. O rapaz também notou a descarga elétrica e seu semblante é enigmático.

— Caramba, que coisa esquisita — murmuro.

— Realmente.

Loki se aproxima de Danton e cutuca a mão dele com o focinho gelado. O rapaz demora a encontrar a cabeça peluda do golden, e o cão percebe que há algo de muito errado por aqui, tanto que faz uma cara de quem não compreende as entrelinhas.

— Ainda não entendeu, Loki? — Aponto para Osho.

O golden muda a expressão. É como se uma ficha canina, com formato de ossinho, tivesse caído em seu cérebro de forma ruidosa e resolvido a equação. Loki me encara, boquiaberto.

— É isso aí, garoto. Você entendeu — declaro. — O Danton é como o seu melhor amigo Osho.

Cego é aquele que fecha os olhos
para a dor de seu próximo.

Loki está mais relaxado com a presença do estranho. Danton coloca um joelho no chão e o carinho sobe a níveis extremos. O golden fica maluco e pede mais, muito mais. Quando Danton ameaça parar, o cão leva a imensa pata ao joelho flexionado do rapaz, como um aviso: "Não pare ou terei que apelar para uma lambida quente e babenta. Depois, não diga que não avisei".

Suspiro, tranquila. Loki e Danton estão se dando bem e o fato é interessante. Talvez, e só talvez, o sussurro que veio do além faça algum sentido. Devo falar em voz alta ou deixar essa besteira para lá?

— Sabe, eu mesma treinei o Loki para ajudar o meu outro cão que ficou cego. — Resolvo iniciar um diálogo sobre o assunto.

— Sério? E ele aprendeu? — Danton parece admirado.

— O Loki é ótimo.

— Se me permite a invasão, qual foi o motivo da cegueira?

— Eu — afirmo, triste.

— Desculpe, não entendi.

Nunca falei sobre o assunto com ninguém além da minha terapeuta. Nem Agatha conhece os pormenores da situação do Osho. Mesmo incomodada, acabo confessando minha parcela de culpa para um estranho:

— Eu estava cega para tudo e todos, emocionalmente falando. Foi uma fase bem difícil, tipo, fundo do poço mesmo. Não percebi a catarata, as úlceras, o glaucoma. Nunca vou me perdoar pelo que aconteceu ao Osho. Eu poderia ter tratado e evitado a perda da visão.

Danton parece ter perdido a fala, tanto que engole em seco e se apruma. Noto que entra em um estado reflexivo e, na sequência, parece ensaiar um pronunciamento. Posso apostar que não tem nada a ver com julgamento. Ele não me parece ser desses com discursos moralistas e tudo o mais. Continua acariciando o Loki e brincando com as orelhas dele. Gira o pescoço e busca o meu olhar, apesar de errar o alvo por uns bons centímetros. Não falo nada sobre isso, apenas aguardo.

— Dizem que tudo o que criamos no mundo material é responsabilidade nossa. Mesmo assim, não se culpe. Se você estivesse cem por cento atenta, tenho certeza que jamais permitiria a cegueira do seu cachorro.

— Está aí uma frase que Osho diria. — Sorrio, sem graça. — Entendo o que quer dizer e agradeço.

Finalizo o cadastro de Vida e salvo o arquivo. Danton continua brincando com o Loki e eu não posso simplesmente me abster da ideia que o sussurro trouxe. Se a inspiração surgiu, deve haver um motivo de força maior:

— Sabe, o Loki pode te ajudar nos próximos dias, Danton. Pelo menos, até que Vida esteja plenamente recuperada.

— Como é? Você ficou maluca? — ele interroga, perplexo. — Não me conhece, doutora. Como pode oferecer seu cão para me ajudar?

— Eu sei, parece loucura, mas a oferta está martelando na minha cabeça. Acredito que seja a coisa certa a fazer.

Danton se ergue e o golden recosta a cabeça na perna dele, como se fossem amigos há séculos.

O rapaz está com os lábios tensionados, como quem pesa suas próximas palavras.

— Sinceramente, vou ignorar a sua proposta — ele afirma, categórico.

— A oferta é válida por tempo limitado. Pense bem, o Loki é extraordinário com o Osho, tenho certeza de que será muito útil a você.

— Sério que batizou seu cachorro de Osho? — Danton sorri, breve.

— É um homem iluminado, não acha?

— Um tanto controverso também.

— Jesus era controverso — rebato, num tom amistoso. — Enfim, meu lhasa tem essa aura búdica e não pensei duas vezes quando o batizei de Osho.

— Lhasas são cheios de personalidade — Danton comenta. — Tive dois deles. Se achavam pit bulls.

— É, eles se acham — concordo. — Enfim, já terminei o cadastro. Vou buscar a coleira da Vida e dar uma checada nela. Pode cuidar do Loki e do Osho por enquanto?

— Sem problemas, doutora.

Sigo para a ala interna, ultrapasso as portas duplas e procuro pela coleira. Encontro a guia sobre uma mesa de apoio e está suja de sangue. Agatha está esterilizando o material recém-utilizado e penso em falar algo, mas então, na hora H, hesito e acabo não falando.

— Tudo certo, Cléo?

— Tudo certo. Como está a Vida?

— Em um soninho lascado ainda. Mas parece estar tudo lindo no reino canino — Agatha informa. — O que foi, hein? Está procurando alguma coisa?

— A coleira. — Pego o objeto sobre a mesa e faço uma careta. — Mas está imprestável.

— Temos algumas parecidas com esta no estoque.

— Acho que não precisa. Vou emprestar a coleira do Loki.

— Como é? — Agatha une as sobrancelhas, interrogativa. — Vai emprestar pra quem?

— Não me chame de louca.

— Aí vai depender do que você disser. — Agatha deixa o pano sobre a bancada da pia e aguarda as considerações.

— Vou emprestar o Loki por alguns dias.

— Tá maluca? — Minha irmã surta. — Cães e maridos não se emprestam!

— Não tenho marido.

— Mas tem dois cães! — Agatha se aproxima e segura firme os meus ombros. — O que você tem na cabeça? Cocô? Nem conhece o cara ainda! — Ela aponta para as portas duplas. — Se algo acontecer ao Loki, você nunca vai se perdoar.

— Eu sei que parece insanidade, mas ouvi um sussurro dizendo para fazer isto.

— De novo os sussurros, Cléo? — Agatha está indignada. — Caramba, vou te levar num centro espírita. Ou na sessão de descarrego.

— Beleza, só não me leve naquela vidente maluca de novo. — Faço o sinal da cruz.

— Olha, já fez a sua parte salvando a Vida, pare de tentar salvar o mundo todo, por favor. Não cabe a você.

— Eu sinto que preciso ajudar, mesmo que você não compreenda. — Inspiro fundo e miro o semblante exasperado da minha irmã. — Não tem lógica aqui, eu sei.

— Que droga, Cléo. — Agatha me dá as costas e continua o trabalho de limpeza e arrumação. — O cachorro é seu, faça o que bem entender.

Além da criança interior, todos deveriam possuir um cão interior.

De volta à sala de espera da clínica, procuro pela coleira do Loki. Está em cima do sofá, acompanhada de uns brinquedinhos caninos e umas almofadas personalizadas com orelhas felpudas. Osho continua dormindo, só que agora numa posição diferente, estirado no chão como um tapete.

Observo Danton e Loki brincando com um osso de plástico, desses que fazem um barulhinho irritante quando pressionados. Danton aperta o brinquedo, Loki late e tenta tirar da mão dele. E, então, começam uma luta para ver quem fica com o troço.

Aprofundo o meu olhar e não preciso me preocupar em ser pega no flagra. É bem provável que ele não perceba que estou perscrutando seu visual. Meu interesse é pura curiosidade, juro.

Danton é um cara mediano, com braços bem definidos e ombros largos. Os cabelos castanhos caem lisos como uma moldura para o rosto de traços nobres. Está vestindo calça cargo verde militar, camiseta branca com gola V e tênis para escalada.

No pulso direito, tem uma tatuagem estilizada com o nome da Vida. O traçado, cheio de arabescos, é arrematado com um símbolo que reconheço de imediato. É o infinito tibetano, um sinal de que o cara conhece o que é interminável. Apesar de não seguir nenhuma religião, gosto de ler e pesquisar o assunto. Foi assim que conheci o símbolo e passei a admirar o significado.

— Linda tatuagem no pulso — comento.

Nesse momento, Danton permite que Loki ganhe a batalha e fique com o brinquedo de plástico. Com os dentes bem cerrados, ele sacode o osso, como se fosse uma presa lutando por sua vida. Só então, ele me procura e resolve se pronunciar:

— Esta tatuagem é uma homenagem a todos os meus cães-guia. Tive cinco até o momento. Todas fêmeas e batizadas com o nome de Vida.

— É uma linda homenagem. — Mesmo sabendo que ele não pode ver, aponto para o símbolo. — E o infinito tibetano? Por que o escolheu?

— É só um lembrete de que a vida nunca começa ou termina. É eterna.

— Uau, adorei isso. — Meus olhos umedecem e eu exclamo, admirada. — E acho que escolheu muito bem o nome dos seus cães-guia. Vida é muito legal.

— Concordo, doutora.

Com o assunto finalizado, dirijo-me para o computador. Imprimo duas vias da autorização para internação de Vida.

A impressora cospe os papéis com agilidade e grampeio as páginas, voltando-me para Danton.

— Vou precisar da sua assinatura para a internação.

— Ok — Ele se aproxima do balcão e ajudo com a caneta e o local para assinar.

Nossas peles se tocam de leve e sinto um formigamento bem incomum. Se o cara sentiu o mesmo, não esboçou nenhuma reação.

Observo a dificuldade em rubricar em linha reta. Apesar disso, a letra dele é bonita, como se tivesse treinado em cadernos de caligrafia à exaustão. Não consigo me conter e acabo ponderando a respeito:

— Desculpe o meu comentário, mas não deve ser fácil.

— Estar na minha pele? — Ele lança a interrogativa e continua: — O ser humano se adapta a tudo. O que é difícil acaba se tornando corriqueiro depois de um tempo.

— É, você tem razão.

Tão logo assina as duas vias da autorização, Danton ajeita os óculos sobre o nariz e alisa a franja castanha para o lado direito. Umedece os lábios e aguarda as próximas providências.

— Olha, acho que está tudo certo até o momento — afirmo e deposito a coleira da Vida dentro de um saquinho com a logomarca da clínica. — Aqui está a coleira, mas, se eu fosse você, compraria outra.

— Tão ruim assim?

— Não é só o aspecto. Vai começar a exalar um forte cheiro ferroso — explico. — Não dá pra lavar esse troço.

— Neste caso, pode jogar no lixo pra mim?

— Claro. Depois, se quiser, te apresento o que temos no estoque.

— Quanto lhe devo, doutora?

— Depois falamos sobre isso, fique tranquilo. — Deposito um cartão na mão dele e tomo cuidado redobrado para não tocá-lo. — Este é o cartão da clínica. Vou te enviar uma mensagem de voz com o telefone daqui, e logo terá o meu celular também.

— Está ótimo, obrigado.

— E sobre o Loki... — Engulo em seco, seguro firme a coleira do meu cão e não consigo concluir a frase.

— Nem pensar, doutora. É minha resposta final.

Tudo é entre você e Deus,
o outro é só um instrumento.

Não posso permitir que Danton vá para casa sozinho. Ok, ele é maior de idade e vacinado, mas sei que, sem Vida, tudo se complica. Já participei do treinamento de alguns cães-guia e conheço as dificuldades de uma pessoa sem visão caminhando sozinha na selva de pedra.

Penso rápido e logo encontro a desculpa perfeita para acompanhá-lo até seu endereço.

— Danton, preciso voltar para casa, trocar a roupa e alimentar meus meninos. Você se incomoda de me acompanhar?

— Doutora, sabemos bem quem vai acompanhar quem — ele rebate, com um meio sorriso. — De verdade? Sei me virar bem sozinho.

— Sei que sim, mas eu realmente preciso trocar a roupa suja de sangue e esses caras devem estar famintos. Moramos no mesmo quarteirão, qual é?!

Danton não me parece ser uma pessoa orgulhosa, mas acho que seu ego é. Noto que ele entra num embate interno invisível aos olhos de um observador destreinado. Mas, como minha empatia anda em alta ultimamente, posso apostar que sombra e luz estão digladiando neste exato momento. Quem sairá vencedor?

— Tudo bem, aceito a companhia de vocês até o meu apartamento.

— Legal. — Pelo visto, a luz venceu. — Vou avisar a Agatha, checar a Vida e, então, poderemos ir.

Antes que ele desista da companhia, apresso-me e retorno pelas portas duplas a caminho do centro cirúrgico. Agatha está checando os aparelhos e Vida parece bem. Ela continua dormindo e acaricio o pelo da cadela enquanto vasculho o ferimento suturado só por garantia.

— O Kléber avisou que estará aqui em vinte minutos — Agatha informa. — E me xingou porque estava prestes a pegar uma garota.

— Aff, duvido muito. Acho que ele inverteu a história e quem estava tentando pegar alguém era a menina. — Satirizo. — Bom, vou levar minhas crianças para casa e trocar de roupa. Assumo o plantão lá pelas duas da tarde, pode ser?

— Sem problemas. E sobre o Loki...

Não permito que ela conclua a frase e já arremato:

— Ele não aceitou, pode ficar sossegada.

— Ah, que bom que alguém aqui tem juízo, viu. — Ela ralha. — Às vezes, você é muito ingênua. Estamos no planeta

Terra, lugar onde o mal impera. Quando vai aprender que a generosidade pode custar muito caro?

— Pensando assim, nada vai mudar no mundo — concluo.

— Infelizmente, a maioria das pessoas só pensa em si mesma — Agatha replica.

— A mamãe sempre diz que a bondade praticada fica entre você e Deus. O que o outro fará com isso é um problema dele.

— Os ensinamentos da mamãe são ótimos e é tudo muito bonito na teoria. Agora, na prática, a única coisa que eu vejo é você se ferrar por ser bondosa demais com quem não merece. A burrice fica entre você e Deus também, sabia?

— Generosidade não é burrice, Agatha. A ingratidão é. Mais cedo ou mais tarde, tudo o que você vibra vai voltar para você na mesma medida.

— Não vou discutir com você, Cléo. — Minha irmã enfia as mãos no bolso do jaleco e respira fundo. — Só cansei de ver você tomar na cabeça com as pessoas que tenta ajudar. Talvez, Deus, em sua infinita sabedoria, esteja dizendo claramente que certas pessoas não devem ser auxiliadas. Você precisa aprender a identificar os sinais.

— Eu tô aprendendo. E os sussurros que você tanto teme costumam me ajudar com isso.

— Aff, Cléo.

— Assunto finalizado? Posso ir?

— Beleza, assunto acabado. Por ora.

A inteligência é intrínseca a tudo o que compõe o nosso universo.

Com passos curtos e lentos, avançamos a caminho de casa. Loki está guiando o Danton, mas em alguns momentos ele se esquece. Chamo atenção do golden que imediatamente retoma o papel de cão-guia. Esse cão é muito fofo, dá vontade de morder.

Osho está estressado, portanto, pediu colo. Seus oito quilos começam a pesar e ajeito suas patas sobre meus ombros, aliviando um pouco a carga. Ele fareja o ar e espirra na minha cara, latindo para o nada na sequência.

Danton e eu estamos em silêncio, mas, ao contrário do que se possa pensar, não é constrangedor. Ouvimos o uivo da brisa e o farfalhar das flores e folhas se debatendo nas árvores ao longo do caminho.

Também podemos ouvir o Loki bufando de tempos em tempos. Ele não está acostumado com a guia da coleira tão curta e acaba se enforcando por ser estabanado e ansioso demais.

Na metade do trajeto, Danton resolve quebrar o silêncio com um questionamento interessado:

— Quando você se formou, Cléo?

— Faz uns oito anos. E, logo depois da faculdade, já emendei o mestrado e o doutorado.

— Sempre trabalhou com cães?

— Sempre. Mas só abri a clínica há dois anos e foi a melhor decisão da minha vida. É muito bom ser dona do próprio nariz. E meus dois sócios são ótimas pessoas, o que facilita tudo.

— Sua irmã parece ter muito orgulho de você. — Ele aponta.

— Quem te contou que a Agatha é minha irmã? — questiono, intrigada.

— O policial. O que tem um apelido engraçado.

— Ah, o Mocha. — Sorrio, de soslaio. — Ele tem uma paixão platônica pela Agatha e não se conforma por ela ser casada.

— Percebi a paixão no tom de voz dele.

— Sério? — indago, impressionada. — Consegue captar esse tipo de coisa?

— Na falta da visão, acabei desenvolvendo uma percepção acurada ao longo do tempo. A entonação vocal diz a verdade enquanto as palavras podem ser mentirosas. Mas é preciso ficar atento para perceber sentimentos, emoções e pensamentos que surgem com a fala.

— Não vá me dizer que lê mentes. — Dou um passo para o lado, instintivamente.

— Não cheguei tão longe. — Danton sorri. — Mas é possível adivinhar.

Viramos a esquina e vejo meu prédio mais adiante. O do Danton é do outro lado da rua, alguns metros à frente. Continuamos caminhando vagarosamente e, num tom de ordem, peço que Loki pare e olhe para os dois lados.

Goldens são extremamente inteligentes e perspicazes. Loki para de caminhar, olha para os lados e me fita, como quem pergunta: "Posso ir agora?". Faço um meneio de cabeça e ele compreende de imediato.

Atravessamos a rua e Danton usa a bengala para se situar. O calçamento é rebaixado nesse ponto, portanto, ele avança com segurança. Loki busca o meu olhar e apenas aponto para a frente, indicando o caminho.

Cinco prédios depois, chegamos ao endereço de Danton. Ele me devolve o Loki e agradece a companhia. Pergunta se pode visitar a Vida mais tarde e eu fico na dúvida sobre isso.

— Desculpe a pergunta, mas como chegará até lá? — questiono.

— Na falta do meu motorista, eu uso o Waze — Ele puxa o celular do bolso e seus lábios desenham a linha de um sorriso. — Insiro o endereço em voz alta e vou seguindo as coordenadas do GPS.

— Isso funciona?

— Não tem erro, pode ficar sossegada.

— Bom, nesse caso, vou deixar você visitar a Vida no final da tarde. Ligue-me antes, por favor.

— Combinado, doutora. Até mais tarde.

— Até.

A vida dos seus sonhos é agora.

Meu apartamento está precisando de uma boa arrumação, mas não estou nem aí. A faxineira virá na terça-feira, portanto, posso fechar os olhos e pular a bagunça até lá. Tenho imensa facilidade em fingir que está tudo certo no *front* de batalha. É tipo um dom. Ou seria uma maldição?

A cozinha está em ordem, até porque, odeio pia zoada. Sirvo a ração dos meus dois filhotes peludos, e Loki sente o cheiro de longe, latindo feito um esfomeado. Coloco as vasilhas no chão e dou um jeito do Osho entender que o almoço está servido.

Saio pelo apartamento abrindo todas as janelas para o ar circular. Arrumo as almofadas do sofá e ajeito o tapete que Loki vive tirando do lugar. Quando me dou por satisfeita, volto para a cozinha e começo a pensar no que estou a fim de comer.

Noto que Loki está de olho na tigela do Osho e isso me irrita no último volume. Poxa, ele enfiou a cara na comida, engoliu tudo sem mastigar e agora quer a ração do outro também? Ah, mas não mesmo...

— O negócio é o seguinte, Loki: se você ousar mexer num grãozinho da ração do Osho, vai ficar sem *doguitos* o resto do dia. Estamos conversados?

Loki senta sobre as patas e tomba a cabeça de lado. Emite um choramingo, desses que partem o coração. Que manipulador! Estreito o olhar e faço cara de malvada, mas é impossível sustentar essa máscara diante de uma cena tão cômica.

— Ok, você venceu. — Desisto. — Deixe o Osho comer em paz que eu te dou um *doguitos*. Mas só um, compreendido?

O cão late e tenho a minha resposta. Entrego o *doguitos* e abro a geladeira em busca de algo comestível para mim. Tem um saquinho de salada pronta e um restinho de molho de mostarda. Fuço no *freezer* e encontro lasanha de berinjela. Hum, é um bom almoço de domingo.

Jogo a salada num *bowl* e o molho por cima. Enfio a lasanha de berinjela no micro-ondas para descongelar e sigo para o quarto, já arrancando a camiseta suja de sangue e suor. Jogo a roupa no cesto e procuro algo dentro do armário. Escolho uma blusinha branca, jeans e um *All Star* preto.

Antes que eu feche a porta do guarda-roupa, vejo um quadro que há tempos confeccionei. Foi logo depois que me joguei no fundo do poço por ser uma tremenda idiota.

Pego o quadro e deito o objeto sobre a cama. Cruzo os braços, analisando friamente as imagens coladas ali e as frases positivas escritas com canetinha colorida.

Na época, batizei o quadro de *A vida dos meus sonhos é agora*. Já realizei algumas proezas, mas outras continuam na fila de espera.

A primeira imagem, como não poderia deixar de ser, é a da clínica. Imprimi o desenho que o arquiteto fez e colei no quadro. Ao lado do que seria a futura fachada do negócio, escrevi: "Sou muito feliz e realizada com o meu trabalho. Minha clínica, meus clientes e meus sócios deixam a minha vida muito mais rica".

A segunda imagem é do meu *Jeep*. Imprimi uma fotografia do carro, exatamente da cor que eu queria, um tom de uva lindinho. Ao lado do meu sonho de consumo, escrevi com canetinha roxa: "Amo dirigir o meu *Jeep*. Ele é seguro, confortável e, fala sério, universo, combina muito comigo".

A terceira fotografia é de um curso que eu queria fazer e realmente fiz no ano passado. A quarta imagem é da clínica cheia de cachorrinhos, algo que acontece diariamente. A quinta foto é grana para viajar. Eu tenho o dinheiro, só não tenho tempo. Acho que está na hora de reformular o quadro e, em vez de dim-dim, colar fotografias de lugares que eu quero visitar.

A sexta imagem é como uma facada no meu peito. Na fotografia, um casal está abraçado, olhando para um campo de girassóis ao pôr do sol. Ela está com a cabeça deitada na altura do ombro dele. O homem, por sua vez, está enlaçando seu amor pela cintura.

Talvez eu esteja me iludindo ao acreditar que o amor existe na Terra. Ou, quem sabe, a sexta imagem não reflita aquilo que mereço. Sem mais delongas nem mi-mi-mi, devolvo o quadro para o fundo do armário e fecho a porta, irritada e levemente depressiva.

Chacoalho a cabeça e retorno para a realidade. Tomo um banho demorado, com direito a névoa de vapor e espelho embaçado. Tem sangue debaixo das unhas e uso uma escovinha para limpar a área. Estou preocupada com a Vida, mas sei que a Agatha e o Kléber são muito confiáveis quando o assunto são cães feridos. Ambos se desdobram para dar conta do recado.

Não sei por que, mas a imagem do Danton toma a minha mente de assalto, como uma interferência nos pensamentos corriqueiros. Ele tem uma aura misteriosa e, por algum motivo que desconheço, gosto de desvendar figuras enigmáticas. Deve ser alguma espécie de síndrome de Sherlock Holmes, sei lá.

Desligo o chuveiro, afasto o Danton da minha tela mental e retomo os pensamentos habituais. Enrolo-me na toalha e atravesso a névoa até o meu quarto. Encontro dois tapetes felpudos estirados no chão.

Osho está embaixo da cama e o Loki está bem no meu caminho. Salto o golden e visto a roupa de trabalho, lutando com o tecido sobre meu corpo ainda úmido. Calço o par de tênis e o celular emite um ruído característico.

Agatha enviou algumas fotos da Vida e de um cãozinho que deu entrada na emergência. Ele não parece bem e começo a digitar a pergunta que também faço em voz alta:

Eu: "Qual o problema do bichinho?".

Agatha: "Vômito e diarreia. Chegou aqui todo molenga, morri de pena".

Eu: “Diagnóstico?”.

Agatha: “Depois de muita psicologia investigativa, o Kléber apertou a dona do cachorro e descobriu que ele comeu panetone até se fartar”.

Eu: “O que esses donos têm na cabeça? E já estão vendendo panetone no mercado? Fala sério!”.

Agatha: “Se bobear, vai encontrar ovos de páscoa também”.

Eu: “Quantos anos ele tem?”.

Agatha: “Oito meses, é um bebezão”.

Eu: “Pedialyte é uma boa medicação. E soro caseiro. E nada de panetone para o mocinho aí”.

Agatha: “Foi o que o Kléber receitou, além da bronca. Fica tranquila, o bichinho já terá alta”.

Conexão é a palavra do momento. Infelizmente, as pessoas estão mais solitárias do que nunca.

Almocei sem muita parcimônia e, antes de sair, distribuí uns biscoitinhos caninos pela casa, só por desencargo de consciência. Deixei meus dois cães dormindo e parti para a clínica, para render a minha irmã.

Apesar da distância entre o meu apê e a clínica ser ridiculamente curta, estou com preguiça aguda e resolvo tirar o carro da garagem. Uns dois minutos mais tarde, estaciono em frente à Franciscão, pronta para o meu plantão.

Logo na chegada, descubro que o cão teve alta depois de vários exames. O Kléber conta que deu uma bronca na dona doida, e ela jurou que nunca mais dará panetone para o bichinho.

— E a Vida, como está? — questiono, preocupada.

— Está na sala de recuperação. Medi a pressão e parece tudo certo — Kléber informa e o celular dele canta uma música brega no último volume. — Cléo, tenho que atender essa ligação.

— Beleza, vá lá. Vou checar nossa ilustre paciente.

Vida está acordada e agitada. No cercadinho, cambaleia, tentando ficar em pé. Suas patas não se firmam e ela desaba, desconcertada. Não compreende que foi medicada e que o efeito do sedativo ainda não passou totalmente.

Tento explicar a situação e ela faz cara de coitada. Ofereço um biscoito e ela rejeita. Estendo uma bolinha e ela revira os olhos, um tanto entediada. É neste momento que Agatha entra na ala de recuperação trazendo um colar que os cachorros odeiam com todas as forças.

— Ela vai ficar triplamente estressada. — Aponto para o colar que mais parece a cúpula de um abajur assassino.

— Eu sei. Vou deixar aqui caso ela resolva coçar o ferimento. — Agatha deposita o colar sobre a bancada. — E o dono? Foi bonzinho pra casa?

— Ele quer ver...er... sentir a Vida mais tarde — comento.

— Acho que a expressão correta realmente é sentir, já que não pode ver. — Agatha se ajoelha e acaricia a cabeça de Vida. — O que achou dele?

— É um cara legal.

— Só isso?

— Onde quer chegar? — interrogo, estreitando o olhar.

— É que eu achei o cara o seu número, sabe? — Agatha joga e seu olhar se aprofunda na minha direção, como quem quer arrancar uma verdade escondida.

— Fala sério, é muito mais velho do que eu. — Reviro os olhos.

— Muito mais velho quanto?

— Treze anos de diferença.

— Uau, contabilizou rápido — Agatha debocha.

— Ah, para com isso.

— Sobre a idade, eu te pergunto, e daí? — Agatha insiste.

— E daí que esse lance de idade dificulta tudo. E, outra, eu não me meto a besta com clientes, não é certo.

— É só isso mesmo ou tem algo a mais? — Ela persiste e acabo me irritando.

— Se você acha que tem algo mais, por que não diz?

Os lábios de Agatha se mexem, como se estivessem ensaiando a próxima fala. Aguardo as considerações, já que não faço ideia do que ela está falando ou insinuando. Apesar de preparada para revidar, minha irmã diz algo que me pega totalmente desprevenida:

— Ele é cego, Cléo. Esse é um problema enorme, não?

Caramba, que golpe baixo. A coisa soa tão ruim que sinto uma pontada no estômago, como uma facada. Uma raiva absurda sobe pela minha garganta e, quando dou por mim, já estou aos berros:

— Você é louca? Como pode me julgar dessa forma? Não me conhece, poxa?

— Cléo...

— Caraca, você passou dos limites!

— Não era a minha intenção, só estou sondando. — A voz dela não se altera.

— Não há o que sondar, que saco.

— Você está sozinha há mais de dois anos, e eu me preocupo, Cléo.

— Na boa, pare de se preocupar com a minha vida amorosa. É só a porcaria de uma escuridão vazia, lembra?

— Não esqueceu a vidência ainda? — Minha irmã chacoalha a cabeça e fecha os olhos. — Não faça isso com você, nem sabe do que se trata a escuridão.

— Esquecer como? O bagulho incorporou e não quer dar o fora. — Rosno, um tanto irada.

— Se eu soubesse que a coisa seria tão ruim, não teria feito você ir.

— Mas eu fui. E agora, tô entrando no modo drama máximo — resmungo.

— Hmmm. Vem cá, já tentou os aplicativos de namoro?

— Tá de brincadeira, né? — retruco. — O troço é um açougue, Agatha. Você se oferece no mercado e alguém compra pela aparência da carne.

— É tão ruim assim?

— É péssimo. As conexões são superficiais, tipo "uma noite de sacanagem e te ligo de novo se não encontrar nada melhor".

— Que péssimo. — Agatha faz careta. — Pelo visto, você já sabe o que não quer. Que tal me dizer o que está buscando?

Eita perguntinha capciosa! Não gosto muito de falar em voz alta aquilo que se passa na minha cabeça. Vai que meu discurso não é bom e a lei da atração resolve fazer acontecer? Eu, hein.

— Não sei se tenho uma resposta assertiva. — É o que sai da minha boca.

— Tudo bem, vou mudar a pergunta. Por que não me diz como quer conhecer uma pessoa? No seu coração, como gostaria que acontecesse?

Penso um pouquinho a respeito do assunto. Meu cérebro processa inúmeras informações e várias possíveis situações futuras surgem na minha tela mental. Faço um apanhado geral e todas as possibilidades esbarram em pontos comuns. Resolvo dar voz a isto:

— Quero uma conexão verdadeira, cara a cara. Quero encontrar uma pessoa do jeito antigo, numa trombada, em um supermercado, talvez até em uma viagem. Depois disso, quero viver a troca de olhares, o frio na barriga, os subsequentes sorrisos idiotas, aquela gagueira apaixonada... essas paradas legais. Mas, pelo visto, esse tipo de coisa não existe mais.

— Sendo assim...

— Sendo assim, vou ficar solteirona e com dez cachorros pra me fazer companhia. Bem simples.

Você é cem por cento responsável por tudo o que acontece em sua vida.

O fim de tarde chega, acompanhado de Danton e seu GPS prestativo. Achei que ele não fosse conseguir encontrar a clínica, mas, pelo visto, se vira melhor do que eu. Tenho que rever meus conceitos.

Vida está acordada e quieta. Vez ou outra, dá uma choramingada e tenta coçar o local suturado. Felizmente, sua pata traseira não alcança o ferimento, o que é uma baita sorte. Nada de colar-abajur-assassino para ela.

Danton está sentado no chão frio, acariciando a ponta do nariz da golden. É uma cena tão bonita que meu coração se remexe dentro do peito, palpitando de um jeito diferente. Acho linda a conexão entre o homem e o cão.

Antes que eu possa verbalizar uma filosofia canina, Danton inicia um diálogo que sai fora do contexto.

— O universo tem bom humor, mas isso aqui foi sem graça.

— Do que está falando? — Uno as sobrancelhas, incerta.

Ele fica em silêncio. Continua acariciando a cadela e ela murmura, em um tom de fofura extrema que dá vontade de apertar.

Às vezes, penso que sou a Felícia daquela série de desenho animado *Tiny Toons*. Se deixar, amasso os bichinhos até sufocar de tanto amor.

— Danton, explique esse lance de sem graça. Tô perdida aqui. — Volto para o que interessa.

— O que eu vou dizer é estranho.

— Tudo é estranho nesta vida — pondero. — O que houve?

— Entrei em um clube de tiro há dois meses. Muita raiva acumulada que precisava ser eliminada de alguma forma. Errei o primeiro tiro e, depois disso, só acertos.

— Uai, não entendi. Isso não é bom?

— O instrutor me avisou que aquela bala desperdiçada voltaria para mim de alguma forma.

Ah, caramba, agora entendi aonde ele quer chegar com esse papo nada a ver. Aliso os cabelos para o alto e prendo os cachos com um elástico, num coque bem mal feito. Só então, respondo a barbaridade:

— O universo tem um humor esquisito, e, pelo visto, seu instrutor adora um sarcasmo — concluo, séria. — Você não errou o tiro porque quis. A vida não cobra desse jeito absurdo e injusto.

— Eu sei, só estou relembrando aquela conversa insana. — Ele alisa a franja para o lado e busca o meu olhar. Erra o alvo, mas não me sinto incomodada. — Se somos cem por cento responsáveis por tudo o que acontece em nossas vidas, como pude criar uma situação destas?

— Não é tão simples assim. — Fico pensativa. — Você disse para eu não me culpar a respeito do Osho. Pois eu te digo o mesmo, não se culpe pelo que aconteceu com a Vida.

— Não foi uma fatalidade — ele observa, cabisbaixo.

— Não acredito em acaso, muito menos em fatalidade. Ainda assim, não conhecemos os mecanismos da vida. Existem leis e regras que desconhecemos.

— Mas você há de convir comigo que há uma ligação com o clube de tiro.

— Colocando desse jeito, você tem razão — reflito. — Qual a probabilidade de, num domingo tranquilo, uma perseguição policial terminar com um cão baleado?

— Você entendeu o meu ponto — Danton suspira e volta a acariciar Vida.

— O universo tem uma linguagem própria e tenta conversar com a gente durante a vigília. Utiliza-se de sinais para chamar a nossa atenção e passar algum recado. Tente compreender a mensagem cifrada.

— Devo sair do clube? — ele indaga, incerto.

— Não sei — pondero. — Existe alguma outra forma de lidar com o problema da raiva?

— Tentei de tudo. Terapia, meditação, artes marciais, esportes radicais e, agora, o clube de tiro. Achei que estava surtindo efeito, até esta manhã.

— Repense. Talvez o clube seja agressivo demais e você acabe atraindo situações de violência. Eliminar a raiva, com uma arma na mão, não me parece ser o jeito certo de dissolver um sentimento hostil.

Quando abrimos o coração,
a vida se liberta do casulo do medo.

Passa das sete da noite. Vida comeu um pouco de ração na mão do Danton e a mediquei. A injeção é praticamente indolor, mas, mesmo assim, ela resmungou. Agora, está quietinha, deitada no cantinho do cercado e a imagem é de estraçalhar o coração.

— Me diga que ela terá alta amanhã. — Danton praticamente implora, com a voz embargada.

— Não posso prometer nada. Se ela comer bem, eu libero.

— E os pontos?

— Se nenhum ponto estourar, retiro em sete dias.

Ele se ergue do chão e ajeita a camiseta. Seu radar me procura e, como sempre acontece, erra o alvo por alguns centímetros. Enfia as mãos nos bolsos e balança o corpo, jogando o peso para a frente e para trás.

— Ela ficará sozinha esta noite? — Ele aponta para o cercado e morde o lábio, como quem tenta segurar as lágrimas.

— Não. O Kléber está de plantão esta noite. Não se preocupe, sempre fica alguém por aqui quando temos pacientes em recuperação. E, qualquer problema, ligaremos para você.

— É uma promessa?

— Uma constatação — informo e pesco uma chave no meu bolso traseiro. — Eu vim de carro, quer uma carona? Tenho que passear com os meninos e dar o jantar.

— Vou aceitar, obrigado.

Deixamos Vida sossegada e Danton não se despede para não gerar drama desnecessário. Diminuo a iluminação da sala de recuperação, e a cadela nem se mexe, como se soubesse que terá que passar a noite aqui de qualquer maneira.

Na recepção da clínica, Kléber está jogado no sofá com o celular na mão. Espio por cima do ombro dele e o cara está distribuindo corações no aplicativo de paquera. Aff.

— Sério, sócio? — indago. — Tá buscando um *match*?

— Deveria tentar, Cléo — Kléber provoca.

— Já tentei e não curti. — Dou de ombros e mudo de assunto. — Estou indo pra casa. Se houver alguma mudança no quadro da Vida, você me liga?

— Fique tranquila. Tio Kléber está na área e nada de mal vai acontecer.

— Que assim seja.

Despedimo-nos do supertio Kléber e seguimos para o carro. Abro a porta do carona e Danton toma assento, vagaroso. Aciona um botão e a bengala diminui de tamanho, um troço muito tecnológico.

Entro no carro, jogo a bolsa no banco traseiro e ligo o motor. Danton baixa a cabeça de leve e parece apurar os ouvidos. De primeira, não compreendo. Numa segunda batida de olho, mato a charada:

— Acha que pode descobrir a marca do carro pelo barulho do motor? É isso? — interrogo, curiosa.

— Pela altura do carro e pelo som do motor, posso chutar que estamos em um *Jeep* ou um carro similar. Não é um SUV, com certeza.

— Uau, tô impressionada. — Ergo as sobrancelhas e acelero de leve, com o freio de mão ainda puxado. — Acertou sobre ser um *Jeep*. Saberia dizer a potência do motor? — Piso mais fundo no acelerador.

— Motor 2.0. Acelere novamente, por favor.

Faço o que ele pede e acelero mais uma vez.

— É turbinado, provavelmente, tração nas quatro rodas. Deve possuir uns 170 cavalos de potência e, como disse, em torno de 2.000 cilindradas.

— Não é possível. — Abro o porta-luvas e tiro de lá o manual do carro.

Acendo a luz interna e Danton parece saber o que estou fazendo, tanto que fica calado, na expectativa. Por incrível que pareça, ele acertou a potência e errou por pouco as cilindradas. Perplexa, giro o pescoço para encará-lo e meus lábios se entreabrem, bestificados.

— Eu tô chocada.

— Gosto de carros.

— Mesmo assim, você conseguiu acertar praticamente tudo. — Guardo o manual e fecho o porta-luvas com um baque. — Como consegue?

— Não sei. Talvez seja um dom. — Ele sorri, de soslaio. — E não precisei me esforçar muito, é óbvio que você teria um carro como este.

— Por que seria óbvio?

— Veterinária. Proprietária de dois cães, um deles sendo um golden. Um *Jeep* ou um similar é o carro ideal para você.

— Realmente, estou besta — afirmo. Desligo a luz interna e solto o freio de mão. — Posso fazer uma pergunta grosseira?

— Não acho que será grossa. Pergunte. — Ele aproxima as palmas das mãos e une os dedos, formando uma pirâmide.

Vi a mesma manobra em um retiro espiritual que a Agatha me obrigou a ir quando me escondi do mundo no fundo do poço. O palestrante explicou que, quando queremos fechar o circuito energético dos nossos corpos, basta unirmos as pontas dos dedos correspondentes e *pimba!*, nada penetra o seu campo e nada sai dele. A pessoa entra em uma espécie de estado de equilíbrio, algo muito próximo da paz.

— Está se protegendo, Danton? — indago.

— Sim e não, doutora — ele responde. — Por que a pergunta?

— Está fazendo um negócio com suas mãos.

— Ah, sim. — Ele meneia a cabeça em compreensão. — É só uma coisa que aprendi em um treinamento zen. E, pelo visto, você sabe do que se trata.

— Acho que sei.

— Estou curioso com a sua pergunta grosseira. O que quer saber?

Paro no farol vermelho e seguro firme o volante. Inspiro fundo, faço um O com os lábios e expiro tudo de uma vez, evitando fazer barulho. Não vou fazer rodeios, esse tipo de pergunta tem que ser à queima-roupa.

— Quando perdeu a visão?

Giro o pescoço e perscruto as reações. Danton retesa os lábios, mas não me parece alterado. Será que minha pergunta não soou grosseira como eu pressupunha? Deixo que ele traga as considerações à tona.

— Eu nunca enxerguei, nasci assim.

— Tá brincando? — Arregalo os olhos, atônita. — O que houve?

Ele se ajeita no banco de couro e fecha novamente o circuito com ambas as mãos em forma piramidal. Noto que está reflexivo, como se estivesse escolhendo e medindo as palavras. Quando se sente pronto, resolve falar:

— Minha mãe teve complicações durante a gravidez. Morreu alguns dias após o parto. Meu pai me culpava e não havia nada que eu pudesse fazer para reverter o quadro. — Ele conta, em tom de desabafo. — Eu realmente tentei despertar o amor nele, mas não fui bem-sucedido. Ele morreu me odiando, mas deixou tudo o que tinha para mim. É uma dualidade que não entendo.

— Caramba, não sei o que dizer — murmuro, desnorteada.

— Não há o que dizer.

O semáforo já abriu e fechou umas três vezes e não movi o carro. Por sorte, não há ninguém atrás de mim. Danton entrelaça os dedos no colo, como se a postura anterior já tivesse cumprido o seu papel nesta conversa.

— Eu sinto muito — balbucio, desconcertada.

— Não sinta. Desconhecemos o todo.

Só Deus conhece o todo.

Estaciono em frente ao edifício do Danton. Por algum motivo que desconheço, não quero deixar que ele vá embora. Quando abre a porta do carro, sinto uma ansiedade doida, dessas que são capazes de nos fazer pular na frente de um busão lotado, pedindo que o motorista pare a qualquer custo.

O sussurro retorna lá do além-vida e me faz um pedido. Escuto o som arrastado, e a voz andrógina está dizendo que não devo deixar o Danton sair do carro agora. A tal entidade etérea não explica os pormenores, mesmo assim, sinto-me impelida a atender o pedido.

— Espere. — Seguro o braço dele e um choquezinho leve resolve dar um olá. Cansei desse negócio e nem dou bola. — O que acha de darmos uma volta por aí?

Danton parece surpreso.

— Está me convidando para sair?

— Pode-se dizer que sim. — Fico tímida, de repente. — Ainda é domingo e não são nem oito da noite. Não estou a fim de ficar jogada no sofá assistindo Netflix.

— Onde quer ir?

— Sei lá. — Faço uma busca mental e não encontro nada para se fazer num domingo à noite. — Vamos dirigir sem rumo até encontrarmos um destino adequado. O que acha?

Danton sorri, brevemente.

— Acho uma boa ideia, se quer saber. — Ele bate a porta do carona e recoloca o cinto de segurança. — Sem rumo definido.

— Isso. Vamos só seguir o fluxo.

Acelero em direção a lugar algum. Ligo o rádio e não há nada que preste nas estações. Enfio o meu pendrive e o som do Bob Marley toma conta das caixas de som. Quando chega no refrão, Danton canta baixinho e eu acompanho, não tão baixinho assim.

Meu carro ganha vida própria e resolve sair do nosso bairro. Dirijo por mais uns metros e uma ideia sussurra nos meus ouvidos quando Marley diz para a gente a seguinte frase: "Não se preocupe com nada, porque cada pequena coisa vai ficar bem".

— Tive um *insight* — comento.

— De que tipo?

— Foi um sussurro indicando um destino legal — conto e faço um retorno.

— Um sussurro?

— Não sou doida, juro.

— Onde estamos indo? — Ele quer saber quando percebe que mudei o rumo.

— Vamos cair na estrada.

— Estrada?

— Eu me lembrei de um lugar legal perto daqui. É uma represa que eu costumava frequentar na época do mestrado. Tem uns bares bacanas e um píer cheio de espreguiçadeiras.

— Parece interessante.

— Você vai gostar. Tem brisa, música ao vivo, pessoas de todas as tribos e cerveja artesanal. Ainda assim, está em tempo de desistir.

— Não sou um cara de desistir de uma aventura como esta, apesar de você ouvir sussurros.

— Ah, não é nada demais. É uma voz soprada nos ouvidos, tipo uma ajudinha do além. — Faço uma pausa curta. — Pelo menos, gosto de pensar assim.

Danton não parece temeroso com o meu superpoder auditivo. Já a Agatha morre de medo, tanto que costuma fazer o sinal da cruz toda a vez que recito algum sussurro durante uma conversa.

Essa coisa começou ainda na minha infância, lá pelos sete anos de idade. Minha mãe é cabeça aberta e não achou nada demais o lance da filha mais nova ouvir vozes, até porque, os tais sussurros não faziam mal a ninguém.

É sempre a mesma voz. Não é feminina nem masculina. Os sussurros carregam avisos ou *insights* importantes. Nunca me fizeram mal e eu sempre senti que tinha escolha.

Quando completei quinze anos, a voz cessou por muito tempo. Lá pelos vinte e oito anos, tornei a ouvir, desta vez com mais clareza. Hoje, ouço com muita frequência e, quando acontece, presto bastante atenção aos detalhes.

Danton já sabe muito sobre mim e percebo que não sei quase nada sobre ele. O fato me incomoda um pouquinho e não sei bem como iniciar o diálogo. Talvez, seja legal começar pelo quesito profissional:

— O que você faz da vida, Danton?

— Profissionalmente falando?

— É.

Noto que ele se apruma sobre o banco de couro. Fecha os dedos em torno da bengala encolhida e limpa a garganta, revelando:

— Eu vivia em Nova York até alguns meses atrás. Cuidava de uma das filiais da Lamartine Seguros.

— Sério? É administrador?

— Eu me formei em Relações Internacionais.

— Parece um ramo bem bacana. Gosta do que faz?

— Na maior parte do tempo...

Sinto um certo desconforto vindo de Danton. Ele se remexe, inquieto. Não sei se devo mudar de assunto ou forçar um pouco mais. Sou curiosa, gosto de saber quem está sentado ao meu lado.

— Vai voltar para Nova York? — interrogo.

— Não sei dizer. Depois do acidente, sou o único herdeiro da companhia e a nossa sede é aqui. Não faz sentido morar fora.

— Gosta do Brasil?

— Não me apego, Cléo.

Acho que é a primeira vez que ele me chama de Cléo. Gosto do meu apelido na boca dele, soa muito bem.

— Não foi o que perguntei. — Dou seta para a direita e saio da estrada, caindo numa trilha de terra que nos levará até a represa.

— Sinceramente, não tenho uma resposta satisfatória para a sua pergunta.

O orgulho é o ego dizendo que tem medo de não ser bom o bastante.

O estacionamento está abarrotado de carros. Demoro um pouco para encontrar uma vaga e é tão minúscula que faço trezentas mil manobras para encaixar o meu jiponga com perfeição. Quando fico satisfeita, desligo o motor.

— Ei, você faz o tipo "orgulhoso, graças a Deus?" — indago.

— Desculpe, por que a pergunta?

— Estamos feito um salame entre duas fatias de pão de forma. Se eu não te ajudar, vai ser complicado sair do carro — aviso.

— Nesse caso, não sou orgulhoso, graças a Deus — Danton retruca e seus lábios desenham a linha de um sorriso. — Aguardo o seu auxílio.

— Beleza.

Desço do carro, pego a bolsa e me espremo entre meu *Jeep* e um *Civic* quase colado na minha lataria. Abro a porta do carona, peço a bengala e ajudo Danton na saída. A manobra é tão complexa que começo a suar, de nervoso. O cara não se estressa e, alguns minutos depois, estamos a caminho do píer repleto de pessoas pulantes e música boa.

— Percebo que tem muita gente aqui. — Ele aponta.

— Está bufando, sua percepção tem razão.

— Bufando? No sentido de lotado? — Danton ajeita os óculos sobre o nariz, e eu faço que sim com a cabeça. — Palavra interessante e até que bem colocada.

— Curte esse tipo de música?

— É boa, música brasileira das antigas.

A banda está em um palco sobre o píer. Nesse momento, estão tocando um sucesso da Legião Urbana. Não estamos na praia, mas a sensação é bem próxima. A mulherada veste biquíni e os caras estão sem camisa, só na curtição e na pegação.

— Não vejo nenhuma mesa vaga, mas tem lugar no balcão pertinho da represa — digo — Pode ser?

— Por mim, está ótimo.

Vagarosamente, subimos quatro degraus e avançamos pelo deck de madeira até quase alcançarmos o parapeito que separa o píer da água represada. Vejo algumas lanchas e alguns *jet skis* ancorados ali.

Estamos longe do palco, mas tem uma caixa de som próxima. Um garçom se aproxima e deixa o cardápio sobre o balcão, com dois chopes de boas-vindas. A iluminação é parca e faço uso da luz do celular para ler as opções de bebidas e comestíveis.

— O que quer comer? — pergunto, em dúvida.

— O que sugere?

— O bolinho de bacalhau é ótimo. E tem também a coxinha de jaca.

— Coxinha de jaca parece interessante. Já provou?

— Já, é muito boa. Nem parece jaca. Coisa de vegano, sabe? — Xereto o cardápio e encontro a página das brejas artesanais. — Tem uma degustação de todas as cervejas produzidas por aqui. São copos menores, mas a gente pode provar tudo.

— Quantas cervejas são?

— Dezesseis — conto.

— Vai dirigir depois disso?

— Prometo me comportar direitinho.

— O que você escolher está ótimo para mim.

O mundo é um espelho que reflete
o que há dentro de você.

Depois de uma porção de coxinhas de jaca e dezesseis doses de cerveja, não estou lá muito certa das ideias. Meus neurônios se chocam, uns contra os outros, trôpegos e risonhos.

O píer continua com lotação máxima, e Danton não parece muito à vontade. Apesar de cantar as músicas em voz alta, noto que seu semblante está carregado, como se estivesse incomodado com alguma coisa.

O som está alto demais e fica impossível conversar normalmente. Eu berro e Danton grita de volta, o que não é algo muito agradável. Percebendo o cenário todo, resolvo chamá-lo para dar uma volta em um lugar mais afastado do barulho.

— Acho uma boa ideia — ele responde em um tom elevado, agradecido.

De posse das comandas e da minha bolsa, deixamos o balcão para trás. Caminhamos pelo deck de madeira até alcançarmos uma ponte sobre a margem da represa. O barulho continua um tanto próximo, mas já dá para ter uma conversa sem gritaria.

— Escolhi mal, não? — Avalio e miro o piso de madeira.

— De jeito nenhum — ele rebate. — É um lugar agradável. O problema é que muitas pessoas juntas me causam uma espécie de sufocamento.

— Sério? Explique isso.

— Tudo é energia — Danton explica enquanto andamos. — Em um lugar muito cheio, existem diversos tipos de energia no ambiente. É um caos para alguém como eu.

— Alguém como você?

— Sou muito sensível às pessoas e aos lugares. Capto tudo o que é bom e também o que é ruim. Até aprendi a me blindar, mas não é tarefa fácil quando estamos no meio de tanta gente.

— Ah, entendi. Você capta tudo e acaba sendo influenciado, é isso?

— Eu não diria influenciado... mas acabo absorvendo o que não é meu com muita facilidade. Depois, dá um baita trabalho separar as coisas.

— Por que isso? — questiono, fascinada com a conversa.

— Na falta da visão, desenvolvi uma sensibilidade acima da média. É um dom, mas também um fardo. Uma vez por mês, preciso tirar alguns dias para estar na natureza, sozinho. Aí, eu descarrego o que não é meu e recarrego as baterias.

— Danton, você é uma pessoa muito interessante — afirmo, admirada.

— Você também é, Cléo.

— Jura? — Ergo as sobrancelhas, curiosa. — Onde?

— Antes que eu responda, você poderia me ajudar com uma coisa? — ele pede.

— Depende... é algo ilícito?

— Não que eu saiba. — Ele sorri, abertamente.

— Estou vendo um banco ali na frente, bem pertinho da água. Podemos continuar essa conversa lá?

— Por favor, me guie.

Danton estende o braço esquerdo e atrelo o meu braço direito ali. Ufa, nada de choque chato desta vez. Ele recolhe a bengala prateada que diminui uns bons centímetros, ficando quase do tamanho de uma régua. Danton parece se sentir seguro ao meu lado, tanto que seus passos são firmes e rápidos.

Poucos segundos depois, chegamos ao banco de madeira localizado no deck bem acima da represa.

A brisa está fresca, como uma carícia. Traz um aroma úmido e agradável às narinas. O som da banda chega abafado, e eu gostaria que Danton pudesse enxergar a abóbada estrelada sobre nossas cabeças.

— Diga, com o que posso ajudar? — Sento, curiosa.

— Antes de falar sobre isso, poderia me descrever o cenário?

— Já vou avisando, não sou poeta. Posso ser curta e grossa?

— Não acho que será grossa. — Ele ajeita os óculos e indaga: — O que está vendo?

Respiro fundo e me aprumo. Cruzo as pernas e observo o entorno com mais profundidade do que de costume. Olho para o céu e resolvo começar a descrição falando sobre a lua.

— A lua cheia está magnífica hoje, com um halo amarelado no entorno. Como deve saber, só conseguimos enxergar um lado do satélite e, o outro, é motivo de muita especulação, principalmente pelos escritores de ficção científica. O Pink Floyd até lançou um álbum falando sobre o lado obscuro da lua.

— Gosto de Pink Floyd. — Danton parece ansioso, tanto que estimula: — Por favor, continue.

— Bom, o céu está limpo hoje e existem milhões de estrelas brilhantes salpicando a escuridão. Os pontinhos que não pulsam são os planetas. Se estou correta na minha observação, Vênus e Marte estão visíveis a olho nu.

Danton suspira de forma indecifrável. Entrelaça os dedos sobre o colo e sua cabeça pende para a frente, como quem está apurando somente os ouvidos.

Ele morde o lábio inferior, e eu não sei de devo continuar a narrativa.

— Tudo bem, Danton?

— Continue, Cléo.

— Tem certeza?

— Por favor.

Inspiro profundamente, giro o pescoço em direção à represa e meus olhos correm ao redor, detendo-se numa ilhota mais adiante. Acho o fato peculiar e resolvo contar ao Danton.

— Tem uma pequena ilha que não está submersa. Acho que se trata de uma espécie de monte e devia ser bem alto. Só o cume está visível e, mesmo na sombra, detecto vegetação.

— Interessante — ele balbucia.

— Tem muitas lanchas atreladas ao píer. Uma delas está chamando a minha atenção porque parece um hotel cinco estrelas flutuante. As luzes estão acesas e tem gente festejando na proa e na popa. Os andares de baixo possuem oito janelinhas. Acho que é um barco veloz devido ao design arrojado. — Estreito o olhar e consigo ler o nome da embarcação. — A lancha foi batizada de *Diva das Águas*.

— A lancha tem aura feminina?

— Parece um menino riquinho e mimado que sai pegando tudo quanto é mulher — elucido, e Danton gargalha alto. — É um barco legal.

— E nós? Onde estamos, exatamente? — Ele quer saber.

— Passamos por uma ponte e estamos sobre um deck de madeira bem cuidado e envernizado. Acho que avançamos alguns metros represa adentro. A água está batendo nos pilares, você consegue ouvir?

— Sim, eu ouço.

— Tem uma prainha do nosso lado direito. Não é muito extensa e não acho que seja um local próprio para banho. Do nosso lado esquerdo, está o píer e os bares. Nunca estive aqui durante o dia, mas o pessoal diz que é bem gostoso e o fim de tarde é imperdível.

Faço uma pausa reflexiva. Tem uma pergunta saltitando na minha cabeça, de maneira frenética e megairritante. Tento afastar a interrogativa, mas ela insiste em permanecer cutucando meus neurônios.

— Posso fazer uma pergunta idiota?

— Não acho que fará uma pergunta idiota — ele retruca, tranquilo. — O que quer saber?

— Bom, eu estou com uma dúvida gritante aqui. — Descruzo as pernas e seguro firme os joelhos, tentando elaborar o questionamento de modo certeiro. — Assim, como alguém que nunca enxergou na vida consegue formar imagens mentais daquilo que estou descrevendo?

— Realmente, não é uma pergunta idiota. É bastante pertinente.

— Consegue me explicar? — insisto.

— É complicado. — Ele une os dedos daquela forma piramidal e acho que o movimento não foi consciente. — Já ouviu a frase "tudo o que está fora necessariamente está dentro?".

— É um lance de autoconhecimento — atesto.

— É uma verdade inata. Tudo o que está fora vai encontrar dentro de si mesma.

— Mas eu consigo enxergar o que está fora. E no seu caso? Como funciona? — Tento não ofender, mas não sei bem como fazer isso. — Você só vê escuridão.

— Tudo o que está fora também se encontra dentro de mim. A diferença é que minha escuridão é um espaço criativo. Eu posso imaginar o mundo do que jeito que eu quiser.

O vazio é um lugar
muito criativo.

Ajeito as madeixas acobreadas atrás das orelhas e entro em um estado meditativo. Fecho os olhos, buscando uma compreensão que está além do meu alcance. É muito difícil imaginar o mundo sem a visão para nos guiar. Quando começo a surtar, abro os olhos, aflita.

— O que está fazendo? — Danton questiona, intrigado.

— Tentando imaginar como alguém sem visão consegue perceber o mundo ao redor. Desculpe, mas meu cérebro quase deu *tilt* só de tentar entender.

— Não precisa forçar sua mente, eu posso te contar como funciona. — Ele gira o corpo sobre o banco, ficando de frente para mim. Cruza as pernas, como os índios fazem. Leva os cotovelos aos joelhos e entrelaça os dedos, na altura do peito. — Não é só da visão que é feito o homem, Cléo. Temos outros sentidos como o tato, o paladar, o olfato e a audição. E, se você pesquisar um pouco mais a fundo, descobrirá que o ser humano possui mais de trinta sentidos, só que, infelizmente, estão todos dormentes.

— Mais de trinta? Sério?

— Os sussurros que você escuta fazem parte de um sentido inato para o qual a maioria das pessoas não despertou. A intuição também é um sentido incompreendido. Videntes que enxergam entidades etéreas também fazem uso de um sentido que boa parte da população não desenvolveu. Compreende aonde quero chegar?

— Sim, tudo isso faz muito sentido.

— Pois bem, apesar de não possuir visão, sou capaz de formar imagens muito próximas da realidade que você enxerga. Para isso, faço uso de todos os outros sentidos, como forma de perceber o mundo. Meu espaço vazio é um lugar muito criativo e, às vezes, certeiro.

— E as cores? Você consegue imaginar? — Minha curiosidade sobe a níveis alarmantes.

— Tenho noção das cores porque eu sonho, Cléo.

— Tá falando de sonhos do tipo sonhar? Aquele que a gente dorme e sonha?

Danton ri alto e me sinto uma idiota por fazer perguntas imbecis. Estou tão entusiasmada com esse mundo novo que me sinto como uma criança que acaba de entrar num parque da Disney. Eu sei, a analogia foi péssima, mas é bem assim que estou encarando esta conversa. De forma leve, interessante e divertida.

— Eu sonho como qualquer pessoa — ele afirma, com um sorriso afável nos lábios. — De acordo com pesquisadores, não há muita distinção entre o meu sonho e o seu. E, ao contrário do que possa pensar, meus sonhos são coloridos. A única diferença é que não sei se o meu verde é o mesmo que o seu.

— Como sabe o que é verde?

— A grama é verde — ele diz, categórico. — Já sonhei com um campo gramado repleto de girassóis. Céu azul, nuvens brancas, um lago azul-claro translúcido, uma choupana de madeira marrom...

— Caramba, eu tô chocada. Você sabe diferenciar as cores.

— Eu não sabia nomeá-las. Meu pai contratou um estudioso especializado em casos como o meu. Eu contava os meus sonhos e ele classificava as cores. Foi assim que aprendi que o céu é azul pela manhã, cinzento quando chove e negro ao cair da noite.

Fico pensativa. É muita informação nova para processar. O tal do sussurro andrógino resolve se avizinhar por aqui e lança uma pergunta controversa. Ai, droga, preciso dar voz ao questionamento ou o sussurro não vai se mandar.

— Como pode sonhar com céu, girassóis e choupana se nunca viu essas coisas?

— Esta resposta não está vinculada a nada provável ou científico.

— Está falando de algo religioso?

— Vamos chamar de espiritualismo. — Danton faz o apontamento e aguarda o meu pronunciamento subsequente.

Meu cérebro se coloca a pensar. As sinapses explodem e posso sentir o agito dentro da cabeça. Começo a traçar paralelos, puxar crenças, abrir umas gavetas empoeiradas... Tudo isso para conseguir formular uma teoria cabível.

Depois de um tempo considerável, acho que encontro uma possível resposta para esse lance de sonhos com imagens relacionados a alguém que nunca viu o mundo com os próprios olhos. Danton parece ansioso, tanto que me procura com as mãos e, quando toca o meu braço, acaba recuando, assustado.

Não, nada de choques elétricos, felizmente.

— Ei, eu não mordo — brinco.

— Desculpe, você está demorando demais a falar.

— Eu não saí daqui. — Seguro o riso.

— Só queria ter certeza disso.

Solto um suspiro satisfeito no ar. Minha teoria soa verdadeira quando repasso mentalmente a solução do enigma. Não encontro outra explicação plausível, portanto, resolvo falar:

— Vidas passadas. — Lanço e continuo. — Esta não é a sua primeira nem será sua última vida no planeta Terra. Seu inconsciente guarda memórias de referência e, segundo dizem, o mundo espiritual não é muito diferente daqui. Sendo assim, apesar de nunca ter visto um girassol como Danton, você deve ter visto como João ou, até mesmo, como Maria.

Ele desata a rir e fico em dúvida se falei besteira ou não. Ok, eu tenho essa maneira meio ingênua de colocar as coisas, mas acho que não contei nenhuma piada. Ou soou como tal?

— Para com isso, estou ficando envergonhada.

— Por favor, não fique. Você deu um tiro certeiro.

— Não fale de tiros ou armas... Estou traumatizada e você também deveria estar.

— Cléo, você é uma pessoa extraordinária.

— Por que eu fico traumatizada com coisas horríveis?

— Não. Porque você é uma pessoa de verdade.

Você não é a embalagem.
É o produto.

— Antes de iniciarmos essa conversa profunda que chegou a alcançar níveis espiritualistas, você me pediu ajuda com uma coisa e ainda não disse do que se trata. — Meu lado "conte logo ou vou morrer de ansiedade" entra em ação. — Estou curiosa.

Danton descruza as pernas e, agora, parece montado sobre um cavalo, no caso, um banco de madeira. Leva as mãos aos joelhos e alonga as costas, soltando uma exclamação na sequência.

— Está com dor? — pergunto.

— Minha postura não anda muito bem. — Ele revela e estica os braços no alto.

— É só isso mesmo ou está tentando me embromar? — Incito.

— Não sou um cara de fugir, Cléo.

— Que bom. Mas, então, do que se trata?

Danton gira o pescoço no sentido contrário da brisa. Seus cabelos lisos esvoaçam para trás, como nas propagandas de perfume masculino. Ou seria uma marca de xampu? Enfim, a cena faz meu coração parar um instantinho, só para voltar a bater com mais força. Coisa estranha.

Ele parece estar pronto para falar, tanto que os óculos de sol agora estão focados nos meus olhos, refletindo a minha imagem nas lentes escuras. Ah, como eu gostaria de tirar esses óculos só um pouquinho...

— Cléo, eu gostaria de saber como você é.

— Como assim? — Ele me pega desprevenida. — Tá falando da minha aparência física? Ou seria sobre meu eu interior?

— Acho que já conheço um pouco do seu interior — ele afirma, taxativo. — Mas, dificilmente, acerto a aparência das pessoas.

— O interno e o externo não deveriam ser similares?

— Deveriam, mas não são. Existem pessoas lindas por fora e horrorosas por dentro. O oposto também é verdadeiro. Nem sempre a aparência reflete o interior.

— Por que isso, hein?

— A aparência nos ensina muito, assim como uma deficiência.

— Acho que entendi o seu ponto. — Levo o indicador ao queixo, reflexiva. — Diz aí, por que quer conhecer a minha aparência física?

— Gosto de imaginar a pessoa com quem estou conversando, tendo como base alguma verdade. — Noto uma certa timidez nesta fala, mas não posso ter certeza. — E, então, você poderia me fornecer alguns dados relevantes para que eu elabore uma figura próxima de quem você é?

— Hmmm, acho que vamos brincar antes — digo, num tom provocativo. — Por que não diz como me imagina? Vai ser divertido.

Danton alisa os cabelos castanhos para trás e há um sorriso velado brincando em seus lábios rosados. Eu gostaria mesmo de poder olhar nos olhos dele, mas nem consigo imaginar como são. Talvez um branco opaco? Coloridos com uma névoa recobrindo a íris? Sinceramente, não faço ideia.

Também existe uma imensa dificuldade em analisar as reações dele com esses óculos escuros cobrindo boa parte do rosto. Realmente, os olhos são as janelas da alma e quem descobriu isso está de parabéns.

— E então? — desafio. — Como me imagina?

— Não tenho muita certeza. Acho que você é alta — ele conjectura.

— Altura é como a teoria da relatividade, depende do observador. Tenho um metro e setenta e um.

— É alta, na minha concepção. — Ele faz uma pausa e continua. — Cabelos compridos e volumosos.

— Meu cabelo bateu na sua cara quando estávamos caminhando para cá, assim não vale. Mas você acertou, são compridos, com cachos naturais nas pontas e supervolumosos, tanto que, de vez em quando, mando uma chapinha nervosa nos fios.

Ele gargalha alto e acabo rindo também.

— Qual a cor? Sabe dizer? — Instigo, entre risos.

— Hmmm... estou em dúvida entre o castanho e o ruivo.

— Dê um chute.

— Ruiva.

— Quase acertou, mas pode me chamar de ruiva acobreada. — Estou um tanto pasma, mas não deixo transparecer. — Um cabeleireiro disse que meus fios nascem castanhos e logo se transformam em cobre. Tipo alquimia, sabe?

— Se é ruiva, tem sardas nas bochechas brancas — ele conclui, acertadamente.

— Uau, estou começando a ficar com medo de você. — Recuo e estreito o olhar. — Como sabe que pessoas ruivas têm sardas?

— Aquele cara que ajudou com as cores me contou — Danton revela. — Qual a cor dos seus olhos?

— Não sabe?

— São claros, com quase cem por cento de certeza.

— Cor de mel. Sabe como é?

— Um marrom-claro? Seria isso?

— Pode-se dizer que sim.

Estou gostando da brincadeira, e Danton parece empolgado com as recentes descobertas sobre a minha aparência. Como será que ele consegue traçar uma imagem mental? Nossa, é muito doido pensar nisto.

— Se perguntar o meu peso, vou ficar irada — aviso. — Mas posso te contar a minha idade, nem sou neurótica com isso.

— Você me contou que se formou há oito anos e fez mestrado e doutorado. Eu chutaria uns trinta anos de idade — ele conjectura.

— Trinta e um.

— E sobre o peso...

— Nem tente, ou vai conhecer minha fúria assassina. Em se tratando do meu peso, sou psicopata.

— Não pode ser tão ruim assim — Danton analisa.

Olho para baixo e meus pneuzinhos localizados na barriga dizem olá. Minhas coxas grossas ficam duplamente maiores na posição em que estou. Analisando friamente, estou no meu peso correto. O problema é que exercícios físicos de verdade, daqueles em que a gente sua até desidratar, não constam da minha agenda.

— Meu único exercício físico é passear com o Loki e o Osho três vezes por dia — conto, envergonhada. — O pouco tempo livre que eu tenho acabo usando para ler algo edificante ou assistir Netflix comendo um balde de pipoca.

— Já que não quer me contar o seu peso, pode me mostrar?

— Mostrar? Como? — Ergo a voz, indignada. — Está querendo me apalpar, é?

Danton tenta segurar o riso e não consegue. Finjo uma ira inexistente, mas não aguento por muito tempo. Acabo rindo junto e toco as mãos dele, o que imediatamente causa um choque elétrico que me assusta. E, pelo visto, o pega de surpresa também.

— Caramba, de novo isso? — Recuo, instintivamente.

— Está recorrente. Seria energia eletrostática?

— Não faz sentido.

— Realmente, não foi o que aconteceu. — Ele pondera e se apruma. — E sobre o peso, deixe isso pra lá.

— Desistiu de me apalpar?

— Não desisti, mas estou satisfeito por hoje. Acho que já tenho uma imagem mental bem próxima da realidade.

Quem tem amor
tem riqueza.

Deixei Danton em casa, e a despedida foi rápida e indolor. Nada de sussurros do além ou choques elétricos esquisitos. Fiquei parada um tempinho por ali, acompanhando a dificuldade dele de sair do carro e chegar até a portaria do prédio. O que senti passa longe da piedade, foi pura admiração.

Neste momento, estou saindo do elevador do meu prédio, exatamente no décimo terceiro andar. Abro a porta e dou de cara com Loki mordendo o pé do sofá e Osho totalmente entregue a Morfeu, o deus dos sonhos.

A culpa vem me cutucar, porque já é mais de meia-noite. Meus filhotes não passearam e estão sem jantar. Ah, cara, que sacanagem com os meus bichinhos. Meu ego lança umas chibatadas dolorosas nas minhas costelas e resolvo me redimir.

Loki percebe que cheguei e a cara dele é impagável. Trota na minha direção e eu firmo bem os dois pés no chão, preparando-me para o impacto. Ele se lança sobre mim e suas duas patas dianteiras afundam os meus ombros em direção ao chão. Eu me equilibro como posso e sou presenteada com uma lambida digna bem no meio do rosto.

— Oi, garotão. Sentiu saudade?

Au-au. Minha mente traduz o latido: "Senti saudade e fome, você é uma mamãe muito malvada".

— Oh, meu filhote, vou te dar o dobro de ração. Você me perdoa? — Ganho outra lambida quente e destemida. — Ah, que bom que me desculpou. Eu sou legal na maior parte do tempo, né?

Osho, finalmente, se dá conta de que estou na área. Ergue-se da cama e me procura, trombando em tudo quanto é lugar: na mesa de centro, no pé do sofá, no pufe... Então, dá uma cabeçada no bumbum do golden e, na sequência, consegue me encontrar.

— Oi, meu velho. — Bagunço os pelos acinzentados dele. — Você dormiu bem? Tá com fome, meu amor?

Au-au. Traduzo a linguagem do Osho assim: "A fome é uma constante no meu universo canino. E você sabe que odeio ração, então, dá uma incrementada naquela gororoba, por favor".

— Pode deixar, meu velho. Vou colocar um franguinho no seu rango. — Loki late, como se tivesse entendido. — Pra você também, garotão. Fica sossegado.

Abro a geladeira e encontro um pote com frango desfiado para os meus meninos. Preparo as duas tigelas de ração incrementada e ambos devoram seus respectivos jantares.

O passeio vai ficar para amanhã cedo. Fecho o que está aberto, desligo o que está ligado e vou me dirigindo para o quarto, bocejando alto. Arranco a roupa, visto uma camisola de tecido gelado, faço uma higiene básica e a cama me chama, como o canto de uma sereia.

Deito ali e Osho aparece na porta do quarto. Loki está cutucando o bumbum dele, mostrando onde está sua cama oficial. Meu lhasa caminha até seu colchão fofinho e faz *pluft* ao deitar. Loki cai por ali também e suspira, fechando os olhos na sequência.

Apago a luz do quarto e meus sentidos entram em alfa.

Sonho com a vidente-cartomante-três-olhos rindo da minha cara. Ela está apontando para um buraco negro, dizendo que aquele é o meu futuro adequado. Estou me segurando em um poste de luz, pedindo a Deus para não ser tragada e desaparecer no horizonte de eventos, na escuridão total.

Acordo suada, mal-humorada e com medo do futuro. Loki está sentado ao lado da minha cama, com a cabeça tombada para o lado. O cão me encara, como se soubesse que eu estava prestes a ser engolida por um buraco negro malvado.

— Oi, bebezão. Dormiu bem?

Loki não late, mas se aproxima o suficiente para ganhar um carinho. Não tem mau humor que resista a uma cena como essa. Ele acaba dando um salto e se aconchega ao meu lado, até eu resolver levantar para começar mais uma segunda-feira na vida.

Osho continua dormindo, como um bom velhinho costuma fazer. Ele ronca alto e, vez ou outra, dá uns latidos para dentro, coisa corriqueira. Não mexo com meu lhasa para não o acordar, mas, juro, dá uma baita vontade de apertar esse carinha que mais parece uma bolinha peluda.

Sinceramente, sou uma pessoa muito rica por ter essas duas figurinhas na minha vida. O que mais posso querer?

O acaso não existe.

Quando peguei as duas coleiras penduradas na lavanderia, Osho despertou de imediato e veio ao meu encontro, todo feliz. Passeei com os dois, redimindo-me por ontem à noite. Demos duas voltas no quarteirão e eles estão aliviados. Entrego os respectivos *doguitos* e deixo uns biscoitinhos pela casa. O golden sempre encontra todos e, na maior generosidade, come quatro e dá um para o lhasa. Sei disso porque já filmei.

Combinei com o Danton de pegá-lo dentro de meia hora. O Kléber me enviou uma mensagem, dizendo que Vida passou bem a noite e se alimentou direitinho esta manhã. Pelo quadro, vou dar alta para ela.

Antes de sair, resolvo fazer uma ligação importante. Digito os números no teclado musical e, cinco toques mais tarde, uma voz feminina, cheia de energia, me atende, efusiva.

— Você é uma filha muito desnaturada, sabe?

— Caramba, mãe, bom dia. E, fala sério, eu te liguei na sexta-feira. Onde sou desnaturada?

— Só falei isso para não perder o costume. — Ela devolve, fingindo uma braveza inexistente. — Como estão as coisas? E meus netinhos, está cuidando bem deles? Tem levado o Osho na acupuntura? Olha, ainda acho que o Loki poderia fazer um esporte, sabe?

— Mãe, credo, uma coisa de cada vez. Como está o papai?

— Está trabalhando duro no barco novo. Na verdade, é uma coisa velha que, um dia, ficará novinha em folha.

— Papai comprou um barco, sério?

Assim que meus pais se aposentaram, venderam tudo o que tinham e se mandaram para a praia. Estão vivendo em uma casa muito gostosa à beira-mar. Minha mãe tem se dedicado a salvar cachorros perdidos nas ruas e doa o seu tempo para instituições de caridade. Meu pai aprendeu a pescar e não se cansava de dizer que compraria um barco muito em breve.

— O barco é bonitinho, mas precisa de uma boa manutenção. Quando você e sua irmã virão nos visitar?

— No fim do mês, mãe.

— Hoje é segunda-feira e, raramente, você me liga tão cedo. Aconteceu alguma coisa, Cléo?

Droga, ela é muito perspicaz. Eu não queria entrar no assunto agora, mas ela vai forçar a barra como sempre. Respiro fundo, me sento no sofá e abraço uma almofada de cachorrinho.

— Mãe, quando trabalhou na Lamartine Seguros, chegou a conhecer o dono do dinheiro?

— Tá falando do Breno Lamartine?

— Esse aí.

Minha mãe faz uma pausa breve, talvez para puxar na memória alguns fatos passados. Ouço ela bufar e não sei bem o que esperar. Fico na expectativa e abraço mais forte a almofada.

— No fundo, era um bom homem. Ficou amargurado depois da morte da esposa. Era uma gravidez de risco e os médicos alertaram dos perigos. Ela preferiu levar a gestação adiante e acabou morrendo dias depois de o bebê nascer. Eu acho que já te contei essa história.

— É, eu acho que sim. Conheceu o filho deles?

— O Danton era um menino de ouro. Nasceu cego, mas isso não o impedia de ser um garoto intrépido e muito inteligente. Trabalhou em multinacionais, fez inúmeros cursos e até morou sozinho em Nova York por algum tempo, mas eu soube que está de volta ao Brasil por conta da morte do pai. — Minha mãe respira alto e manda essa: — Vai me dizer o motivo dos questionamentos ou terei que apelar?

Eu já disse que minha mãe é perspicaz? Sério, chega a irritar.

— Eu conheci o Danton por acaso, mãe.

— Nada é por acaso nesta vida. Pelo amor de Deus, que eu me lembre, te dei uma boa educação espiritual. — Ela ralha. — Como aconteceu essa casualidade aí? Foi um esbarrão? Tropeçou e caiu no colo dele? O que houve?

Conto a história desde o momento em que vi o Danton pela primeira vez. Narro o que aconteceu com Vida e minha mãe ouve com atenção cada detalhe. Vez ou outra, ela faz um "hum-

hum", ou então, emite um som de "ah". No mais, ela não me interrompe até o final do relato.

— Como eu disse, filha, o acaso não existe.

— O que acha do que contei? — indago, interessada no ponto de vista dela.

— É difícil dizer.

— Você é analista de riscos.

Minha mãe entra em um silêncio que conheço bem. Assim como escuto sussurros vindos do além, ela tem o dom de profetizar eventos futuros, principalmente situações que envolvam uma de suas duas filhas.

— Está prevendo alguma coisa, mãe? — Não aguento esperar.

— Relaxa aí. Você perguntou, agora espere a resposta.

Novamente, mamys mergulha em um silêncio visionário. Aperto a almofada contra o peito, e Loki vem se aconchegar ao meu lado no sofá. Osho deita bem em cima dos meus pés e me sinto segura com meus dois filhos peludos como guardiões.

— Pronto, analisei todos os riscos. — Minha mãe retorna do reino das previsões trágicas.

— E aí, agora pode dizer o que acha da coincidência?

— Primeiro: delete a palavra coincidência do seu dicionário. Segundo: óbvio que não foi um encontro ao acaso porque essa porcaria não existe. Terceiro e mais importante a saber: o Danton é o melhor amigo que uma pessoa poderia querer. E, se o destino fizer você se apaixonar por ele, pela primeira vez nesta vida, terá a minha bênção.

Sensibilidade não é fraqueza.
É preciso muita coragem para sentir.

São dez da manhã. Ainda estou chocada com o que minha mãe disse sobre me apaixonar pelo Danton. Expliquei que não tem nada a ver, mas ela não se convence facilmente. Vai me encher o saco por meses, quem sabe por anos. Era só o que me faltava.

Dentro do carro, em frente ao edifício mais moderno e tecnológico do bairro, tamborilo os dedos no volante enquanto espero. Danton desponta no alto da escadaria do prédio e seus movimentos são vagarosos e calculados. O porteiro faz questão de ajudar e, por esse motivo, nem saio do veículo. Destravo as portas e só aguardo.

Danton entra no carro e o seu bom dia é melodioso e atencioso. Quando fecha a porta do carona, uma fragrância abrasadora toma conta dos meus sentidos. Sem pudor nenhum, me aproximo e inspiro o seu cangote, na vã tentativa de adivinhar que tipo de perfume está usando.

— Cheirou o meu pescoço, é sério? — ele pergunta, aos risos.

— Foi inevitável. — Inspiro o ar novamente e complemento. — Identifiquei uma nota amadeirada. Qual é o perfume?

— *The One*. — Ele cheira o próprio pulso e começa a listar. — Toranja, gengibre, madeira, âmbar... espere, tem mais coisa aqui. — Inspira o pulso novamente e finaliza. — Ah, sim, cardamomo e tabaco.

— Fala sério, você sabe de cor. — Reviro os olhos, desdenhando.

— Não mesmo — ele retruca. — Cada nota tem uma assinatura muito particular e tenho o olfato bem desenvolvido, combinado ao paladar. Sinto o cheiro e o sabor dos odores.

— Olha, isso é impressionante, mas ainda acho que decorou a formulação do perfume — provoco.

— Se acha isso, poderia fazer um teste.

— De que tipo?

— Notei que está usando perfume. — Ele gira o pescoço e inala profundamente.

— Não é perfume — rebato.

— Realmente, não é perfume. É algo mais fresco, como uma colônia. — Ele sorve e segura o ar na boca, como se estivesse degustando alguma coisa. — É uma fragrância com sabor de caipirinha. Você está cheirando a uma boa pinguça.

Desato a rir. Ele tem razão com relação ao perfume, mas não sou uma pinguça. Antes que eu aplauda pelo acerto, Danton me cheira mais uma vez e abre um sorriso singelo.

Novamente, degusta o aroma através do paladar e acho o fato muito interessante.

— Já sei. — Ele faz cara de eureca. — Limão, laranja e figos verdes.

Entreabro os lábios, pasma. Como assim figos verdes? Não é possível, ele está de sacanagem. Ninguém neste mundo seria capaz de capturar o cheiro de figos verdes em uma colônia.

— Se o lance dos figos verdes for verdadeiro, vou ficar altamente escandalizada. Essa coisa que você tem com os aromas seria tipo um superpoder.

— Não sabe dizer as notas do aroma que está usando? — ele indaga.

— Só sei que tem cheirinho fresco e cítrico. Nada mais do que isso. Chegando na clínica, vamos pesquisar na internet.

— Se eu acertei...

— O quê? Está querendo brincar? É uma aposta? Saiba que sou jogadora de truco profissional.

— Gosto de truco, vamos jogar algum dia desses. E, sobre o lance da aposta, prefiro chamar de desafio. — Ele sorri de soslaio. — Se eu acertei, você aceitará almoçar comigo mais tarde.

— Hmmm, proposta interessante. E se você errou no lance dos figos?

— Você aceitará almoçar comigo e pagará a conta.

Não consigo segurar a gargalhada e meus olhos chegam ao ponto de umedecerem. Então, é isso? Não tenho escolha? Almoçar ou almoçar? Ok, se ele quer jogar, vamos lá.

— Duvido que me deixe pagar a conta, você é um *gentleman*.

— Apostas são apostas.

— Você disse que não era uma aposta — retruco.

— Tudo bem, vamos categorizar como aposta a partir deste instante. Aceita?

Ah, o que tenho a perder?

— Ok, aposta valendo.

Se a vida te der limões,
coloque vodca e celebre.

Acabo de dar alta para Vida. Ela acordou esperta, comeu bem e está tomando os medicamentos sem reclamar.

Kléber disse que ela dormiu praticamente a noite toda e não deu um pingo de trabalho.

Danton me deixou escolher uma coleira que combinasse com ela e assim eu fiz. Rosa clássico com poás em tons terrosos. Uma graça, muito *fashion*. Vida aprovou, tanto que está mordendo a guia, toda feliz.

Enquanto Agatha contabiliza os débitos, entro no *browser* do celular para que a aposta seja cumprida. Digito o nome do aroma que estou usando e *voilá*. Droga, Danton tinha razão, as notas mesclam limões, laranjas e figos verdes. Cara, quem conhece o cheiro de figos verdes? Fala sério...

Ele está passando o cartão de crédito quando me aproximo do balcão. Vida senta sobre as patas e puxa a guia da coleira, querendo passear. Bagunço os pelos cor de caramelo dela, e a cadela me fita, com um olhar de agradecimento. Nunca vou me acostumar com a inteligência desses bichinhos.

— E a nossa aposta? — Danton questiona, tão logo guarda o cartão de crédito na carteira. — Eu estava certo?

— Que aposta é essa? — Agatha estreita o olhar e aponta o dedo na minha direção. — O que vocês andaram aprontando?

— Nada controverso. — Já adianto. — O Danton aqui é um mestre na arte de reconhecer aromas. Duvidei e me ferrei.

— Você sempre se ferra. — Minha irmã revira os olhos e não revido. — Então, ele ganhou a aposta, é isso?

— Eu disse que existia uma nota de figos verdes na formulação. — Ele se gaba. — Sua irmã não acreditou.

— Gente, eu tô perdida. Expliquem a coisa toda, por favor.

Danton explica o motivo da aposta e o que estava em jogo. Agatha perscruta as minhas reações e segura o riso como pode. Repreendo, só com o olhar. Ela não se intimida e é bem provável que me provoque pelo resto da semana, só por diversão.

— Certo, onde vão almoçar? — Minha irmã quer saber.

— Sei lá. — Dou de ombros.

— Conheço um ótimo lugar. Aceitam cães-guia — Danton comenta. — Farei as reservas agora mesmo.

— Aposta é aposta. Eu pago a conta. — Aviso.

— Trataremos desse assunto depois, Cléo. — Ele dá um comando e Vida ajeita a postura, ficando de pé sobre as quatro patas. — Até mais tarde, meninas.

— Até. — Devolvemos, em uníssono.

Com os olhos, minha irmã e eu acompanhamos quando Danton deixa a clínica para trás e toma o rumo do seu edifício. Já me preparo para as interrogativas, mas elas não surgem. Um tanto intrigada com o fato, questiono:

— Não vai mesmo falar nada? Nem fazer uma piadinha?

— Não — ela responde, com um sorriso debochado.

— Agatha...

— Qual é, tô achando isso o máximo. Eu falei que o Danton era o seu número.

— Tava demorando. — Fecho a cara. — É só um almoço de agradecimento, nada mais.

— O agradecimento ele já pagou. — Ela aponta para a máquina na bancada. — Esse almoço é desnecessário. A não ser que... — Ela para de falar e sinto meus nervos se contraindo.

— Termine a frase.

— A não ser que ele não queira somente agradecer pelos seus serviços — ela murmura e já se prepara para a minha fúria.

Em situações como essa, eu realmente costumo estressar. Ando me protegendo tanto que o ataque está sendo a melhor defesa. Ainda assim, não respondo com ira. Meu tom é ameno, sem qualquer alteração de cunho emocional.

— Vou descobrir o que ele quer e depois eu te conto.

Agatha arregala os olhos e relaxa os ombros antes tensionados. Não sabe se dá uma gargalhada ou continua em estado de choque. Fico na minha, como quem não se importa.

— Estou surpresa, sério — ela diz. — Ontem você atirou só porque cogitei a possibilidade do Danton ser o seu número.

— Quer saber? Acho que você tem razão com relação à minha apatia emocional. Não estou me dando a chance de ser feliz por conta de eventos passados.

— Você ouviu o que eu disse ontem? E ainda refletiu sobre o assunto? — Agatha gesticula, de forma teatral. — Ah, caramba, fujam para as colinas porque o apocalipse tá chegando!

— Para de drama. — Faço careta. — É, eu te ouvi, sim.

— Deixe eu tentar entender o que está rolando aqui. — Ela leva a mão ao queixo, como quem pondera os fatos. — Então, você aceitou o convite para almoçar porque resolveu se dar uma chance de ser feliz? É isso ou tô viajando na maionese?

— Não estou me dando uma chance de ser feliz, só estou abrindo uma brecha para as inúmeras possibilidades a partir daqui. O pior que pode acontecer é nunca mais ver o Danton. O melhor que pode ocorrer é ganhar um amigo.

— E o mais incrível que pode acontecer é rolar um romance. — Agatha desata a rir e nem me altero.

— Por que não?

A gargalhada cessa e ela me encara, curiosa. Perscruta as minhas reações e se aproxima, medindo a temperatura da minha testa.

Satisfeita em saber que não estou doente, dá um passo atrás e seu desconcerto não passa despercebido.

— Quem é você e onde está a Cleópatra? — ela questiona, preocupada.

— Eu sou o que eu sou e a Cleópatra deve estar em algum túmulo egípcio — rebato, segurando o riso.

— Algo mudou em você de ontem para hoje. — Agatha aponta e me fita da cabeça aos pés.

— A mudança é a única constante do universo.

— Pare com essas frases de efeito. Eu tô falando sério.

— Eu também estou.

Antes que ela possa rebater, alguém atravessa a porta de entrada aos prantos com um cachorrinho nas mãos. Giro sobre os tênis e vejo sangue em sua pata traseira. Meu lado salvador entra em cena e a veterinária que vive em mim pega o bichinho no colo e corre para o centro cirúrgico.

Se existe algo que eu saiba, com toda a certeza, é que cuidar de cachorrinhos indefesos é o propósito máximo da minha vida.

Existem pessoas que são como cacos de vidro.
Se acariciar, você corre o risco de se machucar.

Um caco de vidro faz um estrago tremendo numa pata tão delicada. Arranco o pedaço incrustado na carne, meio no susto, e limpo o local ensanguentado imediatamente. O cachorrinho urra de dor, e a Agatha tenta acalmá-lo, sem sucesso.

Não posso suturar. Penso em todas as possibilidades ao meu dispor e resolvo fazer uma bandagem bem firme. Agatha me estende um rolo de gaze, antisséptico e iodo. Injeta uma dose de medicamento no dorso do bichinho e ele se contorce, choramingando alto.

— Ai, coitadinho. — Agatha se compadece. — Não deveríamos mesmo ter anestesiado?

— É como eu disse, ele é muito velhinho e ainda por cima cardiopata. É o tipo de risco que prefiro não correr.

— Posso morrer de pena agora? Tá me cortando o coração.

— Não. Preciso que meça a pressão, por favor.

Com um bico de mi-mi-mi bem preso aos lábios, Agatha pega o aparelho de pressão e conecta à pata dianteira do cãozinho. Pelo que me lembre do histórico dele, além do remédio do coração, também está tomando outro para regular a pressão.

— Vinte e dois. Está alta, Cléo.

— Pois é, nada de anestesia pro velhinho aqui.

Termino a bandagem e Agatha solta o shitzu. Ele se levanta nas quatro patas e acaba percebendo que não está em suas melhores condições. Ergue a pata machucada instintivamente e, no geral, parece estar bem.

Faço carinho e converso um pouco com ele. Qualquer pessoa normal diria que sou louca, mas explico para o bichinho o que aconteceu e digo que em uma semana ele estará bem.

— Cléo, eu queria te contar uma coisa, mas não sei se devo.

— Pode falar. — Continuo brincando com o cãozinho e ele me morde bem de leve, como uma carícia.

— Bom, ontem eu saí com o Diego e esbarramos no imbecil do Cristian na entrada do cinema. Ele teve a pachorra de perguntar de você.

Cristian é um babaca que eu adoraria apagar da minha memória, assim como deletei da minha vida. Infelizmente, não temos esse poder. Agora, passados mais de dois anos do nosso término, posso dizer que superei, apesar de xingar todas as encarnações dele de vez em quando.

— Ridículo. — Rosno. — O que ele queria saber?

— Ficou especulando sobre sua vida amorosa.

— Idiota! Tá na pior, é?

— A lei do retorno chegou pra ele. Está sem emprego, sem mulher e morando com a mãe.

— É pouco — retruco, mais alterada do que gostaria. — O cara é um imbecil, se diverte machucando as pessoas que gostam dele. É um narcisista que fomenta o ódio e a raiva nos outros, e eu nunca vou entender isso.

— Ele me pareceu mais humilde, sabe?

— No fundo do poço, até um arrogante se faz de humilde. O Cristian é como esse caco de vidro aqui. — Pego o objeto reluzente e levo à altura dos nossos olhos. — Se resolver acariciar, é óbvio que vai se cortar.

— E pensar que vocês quase se casaram... Mesmo que casassem, não daria certo, ele é de Áries.

— Ah, para com esse negócio de signos. Quanto ao casamento que não aconteceu, o universo foi generoso, sabia que eu não merecia aquilo. Foi Deus que me mandou passar no apartamento aquela noite. A mamãe vivia dizendo que eu estava sendo traída e, como sempre, acertou na mosca.

— Tenho medo da mamãe, às vezes. — Minha irmã faz o sinal da cruz. — Ela poderia ter ficado rica lendo as pessoas. Nossa velha não erra uma.

— Chame ela de velha pra você ver onde vai parar.

— Eu, hein! — Agatha faz vários sinais da cruz. — Tô fora.

O shitzu está mais à vontade com a bandagem e já consegue colocar a patinha machucada sobre a maca. Ele fareja a minha mão e tenta subir nos meus ombros, mas não consegue.

— Ei, aonde acha que o Danton vai te levar para almoçar?

— Não faço a mínima ideia. — Pego o shitzu no colo e também o prontuário. — Deixe o Danton para mais tarde e vamos lá liberar logo esse carinha fofo.

A vida desconhece tempo e espaço, afinal, estamos falando da eternidade.

Acabo de receber uma mensagem do Danton, avisando que passará para me pegar à uma hora da tarde. Não sabia que o cara realmente tinha um motorista particular, mas o fato é que tem. Nosso almoço será num bistrô supercharmoso aqui no bairro mesmo.

Reproduzo a mensagem para a Agatha e minha irmã arregala os olhos, bestificada. Sei o que ela está pensando, tanto que me antecipo:

— Já sei, vou ter que pagar a conta com a alma.

— Ele não vai permitir que você pague a conta — minha irmã retruca. — Tem noção que o cara é herdeiro da Lamartine Seguros?

— E eu com isso? — Dou de ombros. — Aposta é aposta. Perdi e costumo pagar minhas dívidas. Agora, sobre o Loki e o Osho...

— Pode deixar comigo. Assim que o Kléber chegar, vou lá alimentar seus filhos e dar um rolê com eles.

— Obrigada, você é minha salvadora. E não se esqueça de deixar biscoitinhos pela casa, eles adoram. — Beijo as mãos dela e lanço um namastê.

Agatha enfia as mãos nos bolsos da calça branca, muito bem alinhada. Joga o corpo para a frente e para trás, de um jeito que conheço bem. Ela quer falar algo, mas não sabe se deve.

— Tá, o que foi agora? — pergunto, um tanto exasperada.

— Lembra que te contei sobre a terapia de vidas passadas?

— A terapia que o Diego está ministrando. — Meneio a cabeça positivamente. — Sim, você me contou como funciona.

— Fiz duas sessões com ele.

— Isso é contra as regras. Um marido não pode ministrar terapia à esposa.

— Foi só curiosidade da minha parte. — Agatha se defende. — E o Diego é muito profissional.

— Ele é seu marido, pô. — Bato forte.

— Só queria te dizer que foi muito interessante e revelador. Eu vi duas vidas passadas e você estava em uma delas.

— Como sabe que era eu? — Ergo as mãos no ar. — Não dá para adivinhar uma coisa dessas.

— Dá, sim. Eu sabia que era você.

Tomo assento no sofá da recepção. Meu semblante muda e percebo rugas de tensão se formando na minha testa. Querer conhecer o futuro é uma coisa, agora, saber o que você foi ou fez no passado é um troço que me dá muito medo.

— Quer ouvir, Cléo?

— Tenho escolha, Agatha?

— Eu vi coisas boas e algumas nem tanto... Queria muito dividir com você. — Ela puxa um banco alto e se senta. — Acho que você merece ouvir.

A dúvida chega corroendo as minhas entranhas. Sinceramente, acho que o véu do esquecimento existe por algum motivo, e não podemos, simplesmente, sair rompendo as regras da vida.

O sussurro se aconchega no meu ombro, trazendo um conselho: “Escute o que sua irmã tem a dizer. Não há mal algum nas informações que ela vai te passar. Aceite o presente, nós estamos permitindo”.

— Droga, alguém está sussurrando nos seus ouvidos, não é? — Agatha se benze.

— Muito me admira que esteja com medinho de um sussurro do além. Acabou de me contar que fez duas sessões de regressão. Disso você não tem medo?

— Ah, não. — Ela muda o tom de voz e murmura, como se fosse contar um segredo perigoso. — Mentira, fiquei temerosa, sim. Mas foi tudo bem. É como assistir a um filme no cinema.

— Duvido.

— Sério, é surreal. E aí, posso contar o que vi?

— Droga, fala logo. — Desisto de tentar impedir. Sei que ela encontrará um jeito de me contar, mais cedo ou mais tarde.

Agatha se ajeita no banco e prende os cabelos no alto, sorvendo boas doses de oxigênio. Seu olhar está tão doce quanto o mel de sua íris. Vejo um sorriso velado no canto dos seus lábios e me preparo para ouvir o relato dela sobre a tal vivência passada.

Um friozinho na barriga chega sem aviso e sinto um arrepio, mesmo antes de a minha irmã começar a contar o que viu. Não gosto da sensação, apesar da curiosidade latente.

— Nós morávamos em uma comunidade agrícola, no sul da França. Éramos irmãs, como agora. Só que você era a mais velha, e eu, a mimada da família.

— Aff, nem sou mimada.

— Aham. — Ela faz bico. — Bom, havia uma imensa plantação de girassóis, que tomava boa parte da planície e cobria um morro que ficava próximo a um lago incrivelmente lindo.

— Gosto de girassóis e você também. — Aponto e ela concorda com a cabeça.

— Acho que extraíamos o óleo do girassol, mas não tenho muita certeza da informação. — Ela faz uma pausa, cerra as pálpebras e continua a narrativa: — Nós éramos felizes, Cléo. Você morava em uma espécie de chalé de madeira e estava casada com um dos caras mais bonitos que já vi. O Loki estava lá e o Osho também.

— Agatha, pelo amor dos deuses caninos, seu cérebro montou isso tudo. Não é possível o Loki e o Osho estarem lá.

— Não eram cães de raça, mas eram cães de caça. Vi os dois, juro. Bom, na verdade vi cinco cachorros, mas o Loki e o Osho eu reconheci.

— Tá, continua.

— Aconteceu alguma coisa que não consegui acessar e os homens foram convocados para o campo de batalha. Meu marido voltou praticamente inteiro, mas aconteceu algo com o seu.

— Ele morreu?

— Não, ele voltou da batalha com uma venda nos olhos. Seu marido tinha perdido a visão.

Se Freud não explica,
a astrologia dá conta do recado.

Chocada? Imagina. Surtada? Claro que não.

Aos prantos? Lógico que sim, sou canceriana, poxa.

Agatha dá um salto do banco e corre em meu auxílio. Fui pega desprevenida com a história, e ela, com a minha reação inesperada. Se havia algo mais para contar, acho que minha irmã se calará para todo o sempre e fim.

— Me desculpa. Eu não sabia que você reagiria tão mal.

Não consigo responder. A imagem da cartomante-vidente-três-olhos surge na minha tela mental e a voz dela ecoa nos meus ouvidos: "Ei, quando a escuridão aparecer, não deixe de me procurar, tá legal?".

— Cléo, para com isso, por favor.

— Agatha, poxa, você não se tocou?

Minha irmã se senta ao meu lado e acaricia meu ombro com delicadeza. Enxuga minhas lágrimas e tomba a cabeça, buscando o fundo dos meus olhos. Droga, é claro que ela se tocou e foi por isso que me contou a história.

— A escuridão que a cartomante viu, somada à visão que eu tive da vida passada, gera um resultado surpreendente. A mamãe tem razão, o acaso não existe.

— Não pode ser, Agatha. — Nego a realidade, sem muita firmeza na voz. — O Danton não é o cara.

— Tem certeza disso? — Minha irmã aperta e eu espano.

— Não tenho certeza de nada. Acabei de conhecer o cara e as coisas estão convergindo rápido demais. — Aliso os cabelos para trás, tentando me acalmar. — Quando matou a charada sobre a escuridão?

— Quando conheci o Danton — ela diz e já recua, esperando a reprimenda. Como não ataco, Agatha relaxa. — O acidente com a Vida não foi coincidência. Pense em tudo o que aconteceu. Qual a probabilidade de uma veterinária passear com seus cães no momento exato do tiro?

— Está dizendo que a vida planejou tudo?

— Eu não tenho essa resposta. Só sei que a vida é perfeita, tudo sempre se encaixa.

— Agora estou com medo — murmuro.

— De quê? De ser feliz?

— Não sei... Como vou encarar o Danton agora? — pergunto, relutante.

— Da mesma forma que encarou ontem. Nada mudou, apesar da sua vantagem.

— Que vantagem? — Ergo a voz, aflita.

— Você conhece um possível passado e um provável futuro que ele desconhece. Só isso. Não há motivos para surtar.

— Posso escolher não acreditar no que você contou? Assim como fiz com a vidente?

— Claro que sim. Esse é o legal da vida, você tem escolha.

— Será mesmo? Pelo rumo da nossa conversa, tô começando a acreditar que não existe escolha.

Agatha se recolhe e parece ponderar sobre o que acabo de afirmar. Se o destino está escrito, as escolhas são inexistentes, certo? O tal de livre-arbítrio é só um engodo para acreditarmos que somos livres.

— Naquela vida passada, havia muito amor e felicidade, Cléo. Esse é o ponto que eu gostaria que você absorvesse e guardasse no seu coração. Se conseguiu construir uma relação tão incrível lá atrás, você tem todas as condições de repetir o sucesso na vida atual.

— Com o Danton, é isso?

— Eu não sei se com o Danton ou com outra pessoa... Mas algo aqui dentro está dizendo que ele é o cara, sim, só que você ainda não despertou para o amor.

O que é seu sempre
chegará até você.

Uma da tarde em ponto. Estou ao telefone, remarcando a consulta de um cachorrinho que fez cirurgia de castração na semana passada. Abro a agenda no computador e anoto data e horário.

Agatha dá uma cutucada no meu ombro e sua cabeça se remexe, inquieta. Ela está apontando para a porta e meu olhar segue até lá, descompromissado. Danton acaba de chegar.

— Uau, que puta carro. — Agatha solta o palavrão e leva a mão à boca, já que ainda estou com cliente ao telefone. — Desculpa, Cléo.

Não estresso. Finalizo a ligação e desligo, salvando os novos dados inseridos na agenda. Nem repreendo a minha irmã, ela tinha toda a razão em soltar um puta palavrão. E o Danton não mentiu, ele realmente gosta de carros. Para falar a verdade, eu também sou fã.

O modelo é um BMW M6 Gran Coupé prateado. Se não me engano, deve ter uns 560 cavalos de potência e isso é muita coisa, só para constar. É claro que estou boquiaberta, nunca andei em um desses antes. De quantos segundos ele precisa para ir de zero a cem quilômetros por hora? Na boa, é a única coisa que penso nesse momento.

— Vai tirar o jaleco, né? — Minha irmã estende a mão.

— Beleza. — Desabotoo e entrego na mão dela.

— E passar um batom.

— O Danton não enxerga, Agatha. — Reviro os olhos, entediada.

— Mas eu, sim. Poxa, custa passar um batom?

— Não tô a fim.

— Rebelde sem causa.

— Vai cuidar dos meus meninos, né? Posso ir sossegada?

— Já deveria ter ido. Olha só que cavalheiro. — Ela aponta o dedo e vejo Danton do lado de fora do carro, aguardando a minha chegada. — Cléo, homem como esse não se fabrica mais.

— Não sabemos quem ele é. Não ainda — resmungo e pego a minha bolsa. — Bom, vou lá pagar a aposta. Até mais tarde.

— Bom almoço pra vocês.

Abro a porta de vidro com o logotipo da Franciscão estampado. Cumprimento o motorista e dou uma boa olhada para o seu quepe estiloso. Há tempos eu não via um uniforme desses.

Danton segura a porta de trás aberta e sua bengala prateada está estendida, tocando o chão. Ele está incrivelmente gato, vestindo uma camisa listrada aberta. Por baixo, está usando uma camiseta branca e acho essa combinação muito sexy e altamente explosiva. O jeans escuro, extremamente bem ajustado nos lugares certos, está me deixando sem ar.

Aproximo-me e não sei bem o que fazer. Um cumprimento vocal está de bom tamanho, certo?

— Oi, Danton. Uau, você é pontual.

— Não gosto de esperar, portanto, não deixo ninguém esperando.

— Lei do retorno, super te entendo. — Toco o ombro dele e pergunto: — E a Vida?

— Está no banco da frente.

— Ah. Ela reclamou? Comeu direitinho? Está bem?

— Aparentemente, está tudo certo. Mas acho melhor ela voltar para casa, pode ficar estressada no restaurante.

— Concordo.

Danton aponta para o banco traseiro e tomo assento, no maior conforto. O carro é bem espaçoso e o cheirinho de novo me causa um êxtase aterrador. Vida gira o pescoço para me encarar e inclino o corpo para a frente, fazendo carinho em sua cabeça peluda. Ela retribui com uma fungada na minha mão e uma lambida de leve.

— Você está bem, garota? Recuperada?

Danton senta-se ao meu lado. Logo, o motorista liga o motor e partimos para o tal bistrô. Gosto de conhecer lugares diferentes e, nesta vida, nunca comi num restaurante francês.

— Está com fome? — ele pergunta, segurando firme a bengala.

— Acho que sim.

— Acha?

— Foi um dia cheio e estamos só na metade do expediente — conto e escondo no fundo de um baú mental o lance de vidas passadas que a Agatha mencionou, junto com a escuridão da vidente. — Não dá nem tempo de sentir fome, se é que me entende.

— Hmmm... você está diferente.

— Eu? Como?

— Não sei dizer.

— Está tudo bem, é só cansaço.

Ele não parece convencido e arremata:

— Veremos...

Tomar champanhe de verdade é outro nível.
Quando puder, se jogue.

O bistrô é um pedacinho de Paris no coração do nosso bairro. A fachada foi pintada num tom de rosa queimado extremamente chique. Os janelões têm estilo clássico, bem anos 1900.

O interior é aconchegante, com madeira e tijolos de demolição para todos os lados.

São apenas dez mesas e eu soube que as reservas devem ser efetuadas com meses de antecedência. Curiosa sobre isso, acabo perguntando:

— Como conseguiu uma mesa tão rápido, Danton?

— Tenho os meus contatos.

— Surrupiou a reserva de alguém? — pergunto, brincando.

— Não precisei. Eles sempre têm uma mesa a mais para casos especiais.

— Hmmm, estou me sentindo muito especial depois disso.

— Essa é a intenção.

Sinto as bochechas queimando, uma timidez que não me pertence. Fico sem saber o que dizer e, ao perceber o *maître* se aproximando, suspiro, aliviada. Ele se apresenta e nos conduz até uma escadaria mais adiante.

São quinze degraus e acabei contando por conta da subida vagarosa para acompanhar o Danton. Seria sacanagem sair correndo na frente, não? Mamãe me deu educação.

O ambiente é pequeno e ricamente adornado. Tem uma única mesa no centro da sala e noto uma garrafa de champanhe no gelo. A música ambiente é instrumental, em um volume suave e agradável aos ouvidos. Nada de gritaria para conseguirmos conversar, que maravilha. Ou não, né? Espero encontrar bastante assunto para o almoço não ficar chato.

O *maître* puxa a cadeira e me sento. Minha bolsa é pendurada em um cabide fofo preso à parede de tijolos rústicos. São muitos talheres ladeando o prato e, graças aos céus, mamys me ensinou como usar cada um deles.

Valeu mesmo, mamãe.

Antes de qualquer coisa, o champanhe é servido em taças lindíssimas. O cristal foi lapidado com arabescos chiquérrimos e a haste reúne formas assimétricas bem interessantes.

O *maître* deixa a carta de vinhos sobre a mesa e me aponta uma espécie de campainha no canto da mesa. Meneio a cabeça, em compreensão. Ele faz uma reverência e sai por onde entrou.

— Champanhe de verdade é outro nível, Danton. — Provo e solto um suspiro arrebatado. — Caramba, isso é tipo o néctar dos deuses.

— Que bom que gostou.

— Olha, estou me sentindo meio mal por ter levado você até a represa. Tipo, nada a ver, né? Eu deveria ter me tocado.

— Cléo, eu não sou um homem sofisticado.

Rá, como não? Bistrô francês, BMW megapower, motorista usando quepe, apartamento altamente tecnológico, uma pequena fortuna no banco, uma empresa que deve valer *zilhões*... Quem ele está querendo enganar?

— Danton, não ouse me enganar com esse papinho porque não cola.

— Não me entenda mal, eu gosto de coisas boas como todo mundo, mas não preciso delas. Sou um cara de hábitos simples.

— Seu discurso até soa verdadeiro, mas basta olhar um pouquinho mais fundo para perceber que não é real. Estamos cercados de requinte.

— Eu não consigo enxergar, Cléo. Para mim, não há distinção entre uma taça de cristal e um copo de requeijão. A única diferença entre estes dois objetos é a espessura. Ambos servem ao mesmo propósito.

— Desculpe, não me convenceu.

— Não gostou da escolha do restaurante? Podemos ir a outro lugar.

Ele faz menção em levantar e não permito. Toco a mão dele sobre a mesa e o choque elétrico retorna com tudo. Recuo e prendo a respiração, buscando compreender essa porcaria.

— Choque do mal — balbucio.

— Isso está ficando habitual. — Ele ensaia um sorriso.

— Sobre a escolha do restaurante, eu não me expressei direito. Adorei o lugar, juro. Gosto de estar cercada de coisas bonitas e requintadas. Apesar de também adorar um boteco de esquina com salames pendurados nas janelas.

— Pois bem. Não somos tão diferentes assim, afinal — ele conclui.

Você nunca está sozinho.

O champanhe está correndo veloz nas veias. E o vinho está chegando para harmonizar com um prato sofisticado, feito à base do coitado de um pato com molho de laranjas.

Depois de tanto álcool e o assassinato de um pato, como vou trabalhar?

Aliás, o nome do prato é muito requintado: *Canard à L'orange*. A língua francesa é tão rebuscada e cheia de biquinhos que estou me sentindo uma verdadeira mimada, como minha irmã costuma dizer.

Sobre a minha preocupação com a falta de assunto, estou relaxada. Aliás, é a primeira vez que almoço com um cara que não fuça no celular a cada cinco segundos. O papo flui tranquilo, como se nos conhecêssemos há milênios. Droga, acabo de lembrar da vidência sombria e da vida passada com final tenebroso.

Paro de falar e engulo em seco, focando na imagem que os óculos de sol estão refletindo. Vejo meu semblante alterado, como se estivesse apreensiva com algo de extrema relevância.

— Sua vibração mudou — Danton alerta. — E tem uma presença ao seu lado.

— Como é? — Uno as sobrancelhas e procuro ao meu redor. — Não há ninguém aqui.

— A fonte dos sussurros, Cléo. Seu mentor espiritual.

— Ah, tá. Por que não disse antes? — pergunto, exasperada. — Se é só o meu mentor, tá tranquilo, muito de boa mesmo.

— Não está acreditando... o que é algo inesperado. Para alguém que ouve sussurros, deveria estar mais familiarizada com os termos técnicos.

— Mentor espiritual é coisa de centro espírita — rebato.

— Não, Cléo. Mentor espiritual é seu guia por toda a vida, seja você católica, budista, espírita, agnóstica...

— Tá bom, já entendi. — Faço ele parar de listar religiões. — Por acaso, também sente o seu mentor?

— Quase o tempo todo. Mas não ouço sussurros provindos do além como acontece com você.

O *maître* traz o vinho escolhido para harmonizar com o pato. Abre a garrafa e estende a rolha na altura do nariz do Danton. Ele inspira o aroma, degusta o cheiro com a boca e assente. Na sequência, um dedo do vinho é servido em uma taça gordinha, perfeita para tintos. Danton experimenta e, novamente, meneia a cabeça em concordância. Então, as duas taças são servidas, e a garrafa é deixada sobre um suporte inclinado.

Dois garçons trazem os pratos individuais e depositam ambos sobre um *sousplat* feito de crochê, um baita charme. O *Chef* caprichou na apresentação e agora, além de morrer de dó do pato, estou com pena de estragar a decoração do prato.

— Se minha irmã souber que estou comendo um pato, ela vai me jogar de cima de uma ponte.

— Sua irmã é vegetariana?

— Está ensaiando para adotar o veganismo.

— É um estilo de vida muito interessante. — Danton tateia a mesa em busca do talher ideal.

— Quer ajuda?

— Por favor.

Toco as mãos dele e esse lance de choque elétrico passou dos termos "esquisito", "redundante", "recorrente" para o incrivelmente chato. Ok, já entendemos que nossas peles geram uma espécie de energia eletrostática, mas será que alguém poderia fazer isso parar?

— Já encheu, não? — Lanço a interrogativa enquanto levo as mãos dele sobre os talheres corretos.

— Não acha os choques intrigantes?

— Já ultrapassaram a fase do intrigante — resmungo. — Voltando para o assunto mentores espirituais sempre à disposição, o que sabe sobre isso?

— Não muito. Mas o seu caso é atípico. Até onde eu saiba, os mentores não têm permissão para enviar mensagens. A não ser que...

— A não ser que?

— Você seja uma exceção à regra.

— E por que eu seria?

— Talvez, algum dia, você receba mais do que sussurros.

Dizer que estou chocada seria um belo pleonasmo. Fuço no pato e resolvo experimentar. O sabor é uma explosão gustativa e eu adoraria ter odiado, mas gostei demais.

Sobre o assunto anterior, não quero escutar mais do que sussurros. Para mim, está muito bom assim. Danton ainda assinalou que pessoas no mundo todo recebem mensagens importantes do além-vida e trabalham canalizando as palavras.

Eu sou veterinária, não escriba.

Bebo mais vinho só para entrar em um estado alterado de consciência. Não estou a fim de ficar pensando no futuro e nas implicações de um dom que eu ainda não sei para que serve.

— Cléo, eu gostaria de te fazer um convite.

— Do que se trata?

— Tenho um evento amanhã à noite e eu ficaria honrado em ter a sua companhia.

Borboletas atômicas explodem no meu estômago e não têm nada a ver com o sabor inigualável do pato. Acho que corei, tanto que minhas bochechas parecem pegar fogo.

— Que tipo de evento?

— Um evento do tipo social. É um jantar da Lamartine Seguros em prol de uma instituição de caridade. Uma coisa que meu pai começou e eu pedi para terminarem.

Perco a voz e não sei se devo aceitar. Acompanhá-lo seria, tipo assim, um passo além da amizade. Ou não? Não sei se estou preparada, mas também não entendo porque estou tão reticente. Ele não me pediu em casamento, só está querendo companhia. Qual o grilo?

— Que tipo de traje devo usar? Social? Gala?

— Gala.

— Hmmm. — Faço uma busca mental no meu guarda-roupa e não tenho nada além de vestidinhos florais e fluidos. — Você vai ficar gato em um *black tie*.

Danton sorri, lindamente. Demonstra uma certa timidez, o que é um baita charme.

— Obrigado pelo elogio.

Será que ele tem noção do quanto é bonito? Da proporção perfeita dos seus lábios? Das curvas alucinantes do seu corpo? Do quanto mexe sensivelmente com os hormônios femininos? Sério, toda mulher gira o pescoço para olhar, será que ele percebe?

— Cléo, sobre o vestido, eu posso resolver isso.

— Eu agradeço, mas minha roupa quem resolve sou eu.

Porrada de amor-próprio não dói.

Dei porrada e não me arrependo. Danton não respondeu à minha grosseria, mas está petrificado. Seus talheres flutuam sobre o pato e acho que ele não esperava a minha reação inflamada. Bebo mais vinho, para amenizar sei lá o quê. Sei que ele só queria ajudar, mas o que disse acionou um botão de defesa que disparou o meu orgulho. É, sou megaorgulhosa em certos casos e nem me preocupo mais. Pense o que quiser.

— Foi uma boa resposta. — Danton quebra o silêncio tenso e vejo um sorriso no canto dos seus lábios.

— Não sei com que tipo de mulheres se meteu no passado, mas eu sou bem autossuficiente. Não preciso de ajuda com vestidos, sapatos, maquiagem e toda essa porcaria social.

Danton retesa os lábios, ainda segurando o riso. Não contei nenhuma piada e não entendo a reação. Pego o guardanapo do colo, limpo a boca e o jogo sobre a mesa, levemente irritada.

— Certo, o que foi?

— Você.

— Eu o quê?

— É diferente de todas as mulheres com quem me meti no passado — Danton diz, como se fosse um desabafo. — Você não faz ideia.

— Por que não me conta? — Dou mais uma golada no vinho e noto que estou quase flutuando na cadeira. Isso não vai prestar.

— Não tenho um bom histórico. — Ele procura a taça e, quando a encontra, beberica do vinho com parcimônia. — Meus relacionamentos me ensinaram a não confiar demais nas pessoas. Só atraí mulheres interesseiras e descompromissadas. Queriam o que o dinheiro pode comprar, mas não estavam motivadas a realmente me desvendar ou desvelar a si próprias. Não queriam permitir o amor de se abrir, crescer e fluir.

— Está descrevendo personalidades frias, calculistas e egoístas. — Aponto, super me identificando com a situação. — Não se engane, você não é o único a ser iludido por esse tipinho.

— Pelo seu tom de voz e a mudança repentina na sua vibração, você sabe bem do que estou falando.

— Infelizmente, sim — afirmo, cabisbaixa. — E isso merece mais vinho.

Antes que eu possa pegar a garrafa, o *maître* se materializa na sala, como se estivesse camuflado ou se escondendo atrás de um quadro. Faz questão de servir as taças e eu proponho um brinde.

— Vamos brindar ao fim dos relacionamentos abusivos. Chega de maldição, queremos só bênçãos. — Ergo a taça e Danton faz o mesmo. — Que a partir de agora, só o que for bom, lindo e grandioso entre em nossas vidas.

— Que o amor chegue para ficar — ele completa e nós tilintamos as taças.

Não quero mais saber de pato, nem de molho de laranjas. Afasto o prato e um garçom, que também se materializa no ambiente como uma aparição, retira a louça e pergunta se desejo mais alguma coisa.

Eu desejo que a vida seja maravilhosa, repleta de alegrias, momentos memoráveis e essas coisas legais que acontecem em comédias românticas na televisão ou nos livros. Infelizmente, não tem nada disso no cardápio.

— Preciso de algo doce. O que sugere?

— *Crème brûlée* é o nosso carro-chefe. — O garçom recomenda.

— Dois, por favor — Danton faz o pedido e o garçom se desmaterializa, como um passe de mágica.

Cruzo os braços e entro em um estado reflexivo-obsessivo--sombrio. Esse papo de relacionamentos mexeu comigo de uma maneira ruim. A Agatha diz que tenho o dedo podre porque adoro ser vítima de abusadores emocionais. Como boa canceriana com ascendente em câncer, meu drama, necessariamente, precisa estar presente em doses cavalares.

Peço perdão a Deus pela minha irmã, acho que ela não sabe o que diz. Quem, em sã consciência, optaria pelo sofrimento em vez de felicidade? Um sussurro quente e destemido chega chegando, mandando uma alfinetada: "Você vivia optando pelo sofrimento porque seu amor-próprio estava em baixa".

Como se estivesse sozinha à mesa, acabo dizendo em voz alta:

— Deus, perdoe meu mentor espiritual, ele também não sabe o que diz.

Danton emite um ruído que mais parece uma risada abafada e, só então, me dou conta de que falei com Deus nas alturas. Ele não parece ter estranhado o meu diálogo com o divino, tanto que acaba fazendo um comentário sobre a situação:

— Deus deve estar rindo neste exato momento. E seu mentor espiritual também.

— Sou espirituosa. E bem-humorada — retruco e bebo mais uma golada de vinho. — Do contrário, estaria afundada numa depressão maligna, almoçando comprimidos tarja preta.

— O que aconteceu de tão ruim? — Ele se interessa. Leva os cotovelos à mesa (pelo visto, não é mais falta de educação e mamys me ensinou errado) e entrelaça os dedos, aguardando a minha resposta.

— Só atraí caras egoístas, mesquinhos, traidores, arrogantes, prepotentes, babacas e com uma aura de psicopatas. Sofri abusos emocionais, psicológicos e até espirituais, se quer saber. Sei lá, acho que esse meu lance de achar que todos somos semelhantes é uma puta balela. Não somos todos iguais.

— Somos e não somos — Danton analisa. — Somos iguais no sentido da criação divina e diferentes no quesito evolução espiritual. Cada um está no seu respectivo degrau e, nesse ponto, não podemos nos relacionar intimamente com quem está muito abaixo. Necessariamente, teremos que baixar a nossa vibração. O contrário é quase impossível, porque o aprendizado é algo demorado. E outra coisa importante: a gente só pode dar aquilo que tem.

— Ah.

— Tenha compaixão dessas pessoas e saiba que você também já foi assim. Se não nesta vida, numa outra.

— Eu tenho essa consciência, mas, às vezes, acho que sou uma pessoa má por atrair tipos assim.

— Tipos assim são vampiros, ficam atraídos pela luz que você tem e eles não sabem que também possuem. Sugam até ficarem satisfeitos e partem para outra — Danton argumenta.

A sobremesa chega, e o vinho bate com tudo na minha cachola. Percebo que minha visão está fora de foco e os pensamentos começam a tropeçar uns sobre os outros, como um bando de bêbados tentando atravessar uma avenida movimentada.

— Acho que estou meio alta — comento, grogue.

— Está segura.

— Apesar de te conhecer tão pouco, por incrível que pareça, eu realmente me sinto segura com você.

Dinheiro é uma energia boa. Pensar o contrário bloqueia o fluxo da prosperidade.

Danton não me deixou pagar a conta, lógico. Chiei porque gosto de saldar as minhas apostas, mas absolutamente nada do que eu disse surtiu algum efeito. E ele ainda fez um discurso falando sobre dinheiro, saber receber, boas energias, fluxo da prosperidade e tra-lá-lá. Um tanto contrariada, cruzei os braços e bufei.

— Aceitou me acompanhar em uma festa empresarial. Não faz ideia do que é aquele ambiente. Você pagará o valor da nossa aposta em dobro.

— É tão ruim assim?

— Estamos falando de uma empresa gigantesca, com foco no dinheiro. Que tipo de pessoas acha que encontrará por lá?

— Pessoas que gostam de se sentir seguras? — Considero, em um tom meio irônico.

— Não. Vai encontrar pessoas que idolatram dinheiro, poder, *status* e adoram puxar o saco do novo presidente.

Não tenho tempo para formular uma resposta. O *maître* entrega a minha bolsa e me sinto cambalear ao levantar da cadeira. Finjo um equilíbrio que não me pertence mais e tomo cuidado redobrado ao me aproximar da escada. Rolar seria uma tragédia. Ou uma diversão para os sarcásticos de plantão.

Um passo de cada vez para não fazer burrada, seguro firme no corrimão, e o mundo está girando rápido demais. O *maître* está assessorando o Danton e peço que meu mentor espiritual me ampare para não cair com a cara no chão.

Ouço uma risada andrógina aos ouvidos. Essa conexão com o reino invisível está ficando cada vez mais forte e não sei o que pensar sobre isso. Se nem a bebedeira é capaz de bloquear o vínculo, estou bem-arrumada.

Chego sã, salva e vacilante ao último degrau. Meio risonha, agradeço aos garçons a postos e ao *maître*. Atrelo meu braço ao do Danton e já não sei mais quem está auxiliando quem.

— Fique firme, está tombando. — Danton tenta não rir, mas falha terrivelmente.

— Isso, vá rindo da minha cara.

— Cléo, é uma situação hilária, você há de convir comigo.

— Olha, nem sou dessas, viu? Bebi dezesseis doses de cerveja lá na represa e nem fiquei alterada. Não sei o que houve hoje — me defendo. — E, por favor, dispense o seu motorista.

— Por que eu faria isto? — ele questiona, incerto.

— Porque vamos passear no parque. Eu preciso fazer o coração bombear mais rápido para me livrar do excesso de álcool nas veias. Não posso voltar para o trabalho desse jeito.

— Consegue caminhar? — A pergunta dele soa como deboche.

— Tá, vai zoando que estou contabilizando no meu livrinho do rancor... E, sim, posso caminhar.

O motorista e seu quepe foram dispensados, por ora. A BMW some das vistas, e o parque está a apenas uma quadra de distância. Por sorte, o clima está ameno: o sol resolveu não ser um ignorante e se escondeu atrás de nuvens densas. Acho que virá chuva mais tarde.

Danton aciona sua bengala mágica e o troço aumenta triplamente de tamanho. Como ainda estou enxergando alguma coisa, sou uma boa guia e o objeto serve apenas para uma locomoção mais rápida.

Passamos por uma vitrine superbem decorada, com flores e passarinhos feitos de papel, estilo dobradura. Bato o olho num vestido maravilhoso no manequim. Tem um decote transpassado e é drapeado nos lugares certos. O vermelho não é gritante e tem uma fenda lateral que é um arraso.

— Gosta de vermelho? — questiono, sem me explicar.

— O morango é vermelho — ele afirma.

— Às vezes, sim.

— Então, eu gosto. Por que a pergunta?

— Acho que encontrei o vestido perfeito numa loja ali atrás — digo isso e deixo o restante no ar.

— Já que estamos aqui...

— Nem pensar, estou trêbada. Amanhã eu vejo isso.

Quem disse que não viemos munidos
de um manual de instruções?
Olhe para a natureza e descobrirá o que é a vida.

O parque está tranquilo e com aroma de primavera. As flores forram o chão e a brisa faz o favor de varrer as pétalas de volta para a terra, adubando as próximas gerações.

O lago artificial está repleto de peixinhos dourados. A fonte de água movimenta a superfície e posso ver o céu acinzentado refletido nas pequenas ondas. É uma pena que Danton não possa ver todo o cenário. Neste caso, resolvo contar:

— Está caindo uma chuva de pétalas sobre nós.

— Posso sentir — ele afirma e inspira o ar. — De que cores são?

— Todas. Amarelo, laranja, rosa, vermelho e até azul.

— Descreva o caminho, por favor.

Olho em volta e tento captar o que é de extrema relevância:

— A trilha de cimento queimado é ladeada por árvores frondosas, vegetação rasteira e flores coloridas de todos os tipos.

Acho que um paisagista passou por aqui, está tudo muito ordenado, como se tivesse sido desenhado antes.

— Ouço ruídos sobre os galhos das árvores. — Danton ergue a cabeça, como se pudesse enxergar o céu.

Meu olhar procura e encontra um ninho repleto de passarinhos e dois filhotes de mico pulando de galho em galho. Quando conto o que estou vendo, Danton sorri e lança um suspiro satisfeito no ar.

— Quando olho para a natureza, vejo um manual de instruções de como deveríamos viver na Terra. Mas o ser humano ainda acha que tudo isso é obra do acaso. Que somos o resultado de uma explosão chamada de *big bang*. Na boa, não consigo acreditar nisso.

— O ser humano adora teorizar.

Não sei dizer se é o efeito do álcool, mas nem penso quando deslizo minha mão pelo braço do Danton. Sem pedir licença, entrelaço meus dedos nos dele e não percebo nenhuma relutância.

Desta vez, não houve um choque elétrico, foi uma coisa diferente. Vamos chamar de arrepio involuntário e de uma sensação estranha de familiaridade. Se ele sentiu o mesmo que eu, não sei dizer. Mas o fato é que ele aperta sua mão contra a minha, como se não fosse soltar nunca mais.

Um raio nervoso risca o céu e as nuvens começam a se movimentar, desmanchando os desenhos antes notórios. A brisa se transforma em vento e as pétalas caídas se erguem do chão, como se fosse magia.

— Sinto o aroma da chuva — Danton comunica.

— Acho melhor voltarmos para a clínica.

— Você está bem?

— Ainda zonza, mas estou bem, sim.

Mesmo informando que estou bem, a mão de Danton continua atrelada à minha. Sem aviso, seu polegar acaricia o meu pulso e o efeito no meu sistema nervoso é dramático.

Meu coração dispara, desavisado. Minha pele reage, ouriçada. Meus lábios se entreabrem, em um murmúrio inaudível. Minhas pálpebras pesam e se fecham por alguns segundos. Minha respiração está entrecortada e acho que ele percebe cada mínima alteração corporal.

— É bom saber que causo efeitos benéficos em você.

— Hein? — reajo, embaraçada. — Do que está falando?

— Cléo, sou um cara sensível até demais.

— Fui eu que bebi, mas quem ficou bêbado, pelo visto, foi você. — Entro no modo defensivo e armo a barricada. — E é melhor andarmos depressa, dois raios acabam de rasgar o céu ao meio.

Um banho de chuva é capaz de lavar a alma.

Já posso ver a clínica no próximo quarteirão, mas não há tempo para mais nada. As nuvens se chocam ferozes e a chuva despenca sobre nós, com pingos grossos e gelados.

Em vez de xingar, desato a rir, de maneira incontrolável. Vou jogar a culpa do ataque de bobeira na bebedeira, não existe outra explicação decente. Em poucos segundos, meus cabelos grudam no rosto e a roupa se cola ao corpo de maneira incômoda.

Se eu estivesse sozinha, com certeza, correria até a clínica, como um bom adulto deve fazer. Mas, de mãos dadas com Danton, acabo relaxando. Tombo a cabeça para trás e deixo a água lavar tudo, incluindo a alma no pacote.

Olho para o lado e Danton está ensopado. Os óculos de sol precisavam de um dispositivo tipo limpador de para-brisa, mas logo afasto essa ideia idiota da minha cabeça. Nada a ver.

— Nem me lembro quando foi a última vez que tomei uma chuva dessas — comento, curtindo pacas o momento.

— E a última vez que dançou na chuva?

— Hein?

De propósito, Danton deixa a bengala cair ao chão. Puxa a minha mão e me choco contra o peito dele, sendo tragada para um universo paralelo onde as pessoas dançam debaixo da chuva. Ele passa o braço pela curvatura das minhas costas e firma a mão na minha cintura. Sinto-me congelar e nem é de frio.

— O que está fazendo, Danton? — pergunto, acima do barulho da chuva.

A resposta não é imediata. Ele se aproxima e cola o rosto no meu, de maneira abrasadora. Seus lábios tocam o meu ouvido e ele lança, num sussurro flamejante, que faz meus ossos estremecerem:

— Estou dançando na chuva com você.

— Ah.

Deito o rosto na altura do ombro dele e me deixo ser conduzida. Um passo para lá, um para cá e faço uma busca mental pela trilha perfeita para uma dança na chuva. Na minha *jukebox* cerebral, a valsa "Danúbio azul", de Strauss, é a escolhida.

Não sei precisar como acontece, mas a mão de Danton desliza pelo meu braço arrepiado, corre pelas minhas costelas e enlaça a minha cintura como quem diz "você é minha e ninguém tasca". Hmmm, gosto disso.

Sem uma mão para me apoiar, sou obrigada a entrelaçar meus braços ao redor do pescoço dele e, o que antes categorizava uma valsa, torna-se uma espécie de dança de bailinho adolescente. Não que eu tenha frequentado, esse troço era da época da minha mãe.

Estamos tão colados que consigo sentir os músculos dele pulsando a cada mínimo movimento. Sou arrebatada por sentimentos e sensações que, sinceramente, desconhecia. São como ondas: emergem, quebram e outras ondas se formam, trazendo novas emoções à tona.

Meu ouvido está apuradíssimo. Percebo o coração de Danton batendo descompassado. Também ouço a respiração dele, ofegante e entrecortada. Antes que eu possa me pronunciar, ele pressiona os lábios contra o meu pescoço e eu quase sofro uma síncope.

Minha mente entra em estado de alerta máximo e meus dedos se enroscam nos cabelos dele. Um desejo insano sobe pelas minhas pernas, botando mais lenha na fogueira.

O que era uma mera pressão de lábios acaba se transformando em um caminho escaldante do pescoço até o meu rosto. Esse roçar da boca dele contra a minha pele está causando inúmeras reações involuntárias por todo o meu corpo. Esse cara está brincando com fogo e não faz a menor ideia disso.

Fecho os olhos, instintivamente. Apesar de os seus lábios estarem bem próximos dos meus, eu não tenho a menor paciência para esperar o próximo movimento. Faço uma manobra rápida, tomo sua boca de assalto e ele arfa, ensandecido.

Danton perde o controle, o que me pega totalmente desprevenida. Suas mãos descem pelas minhas costas com voracidade e se detêm na curva da minha bunda. Quando pressiona o meu corpo contra o dele, acabo arquejando. O encaixe é perfeito e eu vou enlouquecer no meio da rua, debaixo da chuva.

Enfio a língua mais fundo e ouço quando ele ofega de um jeito que faz meu corpo arder. Não faço ideia se tem alguém olhando, mas, sinceramente, não estou nem aí. A pegação ultrapassa a linha de segurança, e um de nós terá que parar.

O problema é que eu não quero parar.

E não quero que ele pare.

Deixe Platão com seus amores platônicos.
Prefira o que é real.

Ouço a sirene da polícia e meus sentidos avisam que o carro acaba de subir no meio-fio. Era exatamente o que eu precisava para conseguir me afastar do Danton o suficiente. Sério, estava perdendo o ar e já tinha perdido a compostura.

Giro o pescoço para encarar os fardados. Mocha abre a janela da viatura e me lança um olhar desconfiado. Dou um sorrisinho sem graça e me faço de desentendida. Sei que posso enganar o Mocha fácil, agora o Amaro, esse é macaco velho.

— Sério, Cléo? — Amaro grita a reprimenda acima do barulho alto dos pingos de chuva. — Atentado violentíssimo ao pudor? Justo você?

— Qual é, não sacaneia, Amaro — rebato, um tantinho envergonhada.

— Entrem, levo vocês dois até a clínica.

— É logo ali. — Aponto para o próximo quarteirão.

— Não vou deixar vocês aí para retomarem do ponto onde pararam. Este é um bairro familiar, pelo amor de Deus.

Sei que o policial está zoando forte com a minha cara, mas resolvo não debater o assunto. Danton concorda em aceitar a carona dos policiais, portanto, resgato a bengala do chão, seguro a mão dele e abro a porta de trás da viatura, ajudando-o a se sentar.

Dou a volta e, praticamente, me jogo dentro do carro. Mocha se vira para trás e me estende um copão de *mochaccino* de caramelo, enquanto Amaro solta o freio de mão e acelera. Ergo as sobrancelhas, na dúvida. Sei que ele mataria por um desses, não é possível estar me oferecendo assim, na boa.

— Está me dando um *mocha*? Sério, mesmo? — Pego o copo, receosa.

— É para esquentar. E só porque você é legal.

— Poxa, obrigada. Sei o quanto significa pra você. — Tento não parecer debochada, mas é impossível.

— Devolva.

— Não! Estava só brincando! — Enfio o canudo na boca e dou uma golada generosa. — Valeu mesmo, Mocha.

Segundos depois, Amaro estaciona em frente à clínica e dá um cutucão no braço do outro. O policial olha lá para dentro e suspira, apaixonado. Meu olhar segue até o balcão da recepção e minha irmã está ao telefone, toda linda. Não posso me omitir, tenho que deixar registrada a minha opinião:

— Mocha, eu te adoro, mas a Agatha é muito bem-casada, sabe?

— Eu sei, mas amor platônico não mata — ele responde, com um ar enfeitiçado.

— Não mata, mas também não agrega. Instale um aplicativo de paquera, o Kléber é fã — aconselho.

— O Kléber não pega ninguém. — Amaro solta uma gargalhada acompanhada de uma tosse característica de ex-fumantes. — A Sandra contou tudo pra gente, lembra, Mocha?

— Aff, a Sandra é uma fofoqueira.

— E das boas. — Mocha ri alto.

— Gente, obrigada pela carona. Vocês são ótimos. Eu até ficaria mais um pouquinho, mas agora estou tremendo de frio.

— Sempre que você precisar estaremos a postos, cidadã. — Amaro bate continência. — E se o Danton aí causar problemas, pode contar com a gente.

— Achei que tinha ido com a minha cara, policial Amaro. — Danton se pronuncia.

— Eu fui, mas gosto mais da Cléo. Desculpa aí, não é nada pessoal.

Descemos do carro e os policiais dão um toque na sirene, saindo de fininho. Abro a porta da clínica e Danton ultrapassa o portal para a recepção. Só escuto o grito da Agatha, ralhando porque estamos pingando e molhando tudo.

— Seus malucos, se não tinham como voltar pra cá, por que não me ligaram?

— A chuva nos pegou no caminho — Danton diz, trêmulo.

— Fiquem os dois bem quietinhos aí. Vou pegar umas toalhas.

— Eu tô com frio — aviso, gemendo.

— Vem cá. — Danton tateia o ar e esbarra no meu braço. Gentilmente, me puxa para junto de si, friccionando as mãos nas minhas costas, tentando inutilmente me aquecer. — Acho que estou falhando nessa coisa de te esquentar.

— Hmmm, não pare — balbucio. — Sou capaz de dormir aqui, nos seus braços.

— Não me parece uma boa ideia.

— Tem outra melhor? — pergunto, insinuante.

— Com certeza, tenho ideias muito melhores do que essa.

Antes que eu possa sequer imaginar, ou mesmo responder à tentação, Agatha chega com duas toalhas e nos pega no flagra. Minha irmã pigarreia, só para chamar a nossa atenção. Eu me afasto do Danton, o suficiente para colocar uma toalha sobre os ombros dele. Pego a outra toalha e enxugo as pontas dos cabelos, me enrolando na sequência.

— Deveriam ir para casa, os dois. — Agatha encarna a mãe mandona. — E você, Cléo, tem atendimento marcado às três e meia. — Ela checa o relógio de pulso e arregala os olhos. — Você tem exatamente quarenta minutos para estar de volta.

— Sério? Putz, vou correr então.

— Vou chamar o motorista. Deixo você em casa. — Danton oferece, prestativo.

— Obrigada, vou aceitar, sim.

Agatha pede licença para Danton e me puxa para outro canto da recepção. Estou molhando tudo, mas ela não parece ligar para o fato. Aos sussurros, pergunta o que aconteceu.

— Bom... Pato morto, bebedeira, parque, chuva, policiais. — Estou com preguiça de me explicar e as palavras saem gemidas.

— O lance do pato eu quero maiores detalhes, mas não precisa ser agora. — Agatha me fita, com profundidade. — Não foi só isso o que aconteceu.

— Um beijo escaldante debaixo de chuva.

— Puta merda! — Ela se exalta, mas logo retoma os sussurros. — Quem beijou?

— Isso importa?

— Sempre importa.

— Ele provocou. Eu finalizei. Satisfeita?

— Isso! Essa é a Cléo que eu conheço. — Ela sorri, efusiva. — Bem-vinda de volta.

O presente é eterno. Qualquer outra coisa
é somente ilusão do tempo.

Com a cabeça deitada sobre o ombro de Danton, acaricio seu peito sobre a camiseta molhada. A mão dele está sobre a minha, traçando desenhos assimétricos. Acho que eu poderia morrer agora e iria para o além bem feliz. Mentira, eu iria xingando, com certeza.

A chuva parou, como se o seu propósito tivesse sido cumprido. Penso um pouco sobre isso e afasto a ideia de que a chuva surgiu no momento perfeito para a trama se desenrolar e o romance começar. Não, a vida não pode ser tão clichê.

O motorista para em frente ao meu prédio e acho que o percurso foi rápido demais. Ele desce do carro e abre a porta de trás, como se tivesse sido altamente treinado para executar tal manobra com precisão milimétrica. Discreto, como se fosse um agente secreto, toma uma certa distância, permitindo que eu me despeça, sem pressa.

— Posso te ver mais tarde? — Lanço a pergunta, ansiosa.

— Será um imenso prazer.

A mão livre dele me procura e dou uma ajudinha. Toca o meu rosto com delicadeza e me puxa para a sua boca. Diferente do beijo enlouquecedor debaixo da chuva, esse é mais calmo, mais demorado e muito mais profundo, como se isso fosse possível.

Não quero que acabe. Desejo que o tempo pare de correr e que o espaço se desfaça ao nosso redor. Esse momento, esse homem, esse beijo... são as únicas coisas que importam. Finalmente, compreendo o que os gurus dizem sobre o presente. Ele pode ser eterno se você realmente estiver cem por cento focada.

Danton ofega quando meu corpo se joga para cima dele, num movimento instintivo. Acho interessante esse lance de desejo enlouquecedor, acho que Deus estava pensando na preservação da espécie.

Só, então, lembro que tenho um atendimento daqui a pouco, e o clima se desfaz. Paro o beijo e os gracejos no meio e tomo uma certa distância. Danton morde o lábio, buscando um autocontrole que deve ter sido perdido em algum lugar do passado não muito distante.

— Você precisa ir — ele balbucia.

— É, eu não gosto de atrasar — ratifico.

— Te ligo mais tarde.

Sem delongas, apesar da imensa dificuldade em deixá-lo para trás, saio do carro e agradeço ao agente secreto. O homem segura o quepe e assente, num movimento educado.

Entro no edifício, como se estivesse flutuando numa nuvem branquinha em formato de coração. Nunca pensei que minha mente fosse tão brega, mas dizem por aí que uma pessoa apaixonada é cafona até os ossos. Hmmm, preciso, urgentemente, imaginar nuvens mais requintadas.

Quando entro em casa, vejo Osho olhando para a parede branca. Um sentimento de culpa me assola e tenho vontade de me estapear. Chamo por ele, mas meu lhasa parece estar em transe.

Pé ante pé, me aproximo do meu velho e ajoelho. Ele percebe a minha presença e parece despertar da escuridão. Seu focinho me procura e, quando encontra a minha mão, tomba de barriga pra cima, doido por uma coceirinha.

Loki sai estabanado de onde estava e tromba na parede do corredor. Trota, veloz, na minha direção e nem tenho chance de me proteger da sua fúria carinhosa. O golden me derruba, e o Osho late, passando um sermão.

É muito interessante notar que o cão mais novo, apesar de dez vezes maior, acaba obedecendo o cachorro mais velho. Loki emite um ruído de entendimento e senta sobre as patas traseiras, aguardando o seu momento de ganhar um carinho.

Brega ou não, eu já falei que sou perdidamente apaixonada por esses caras?

Não se preocupe com nada.
Deixe fluir, a vida sabe o que faz.

São sete da noite. Acabamos de fechar a clínica e não há nenhum animalzinho na recuperação, portanto, o plantão será por telefone caso aconteça alguma emergência com nossos clientes caninos.

O trabalho foi exaustivo e não tive tempo de conversar com a Agatha. Ela está fechando o caixa quando me aproximo, descompromissada. Minha irmã ergue o olhar e segura o riso, voltando sua atenção para o computador.

— Então...

— Então, eu estava certa. — Agatha se gaba. — Deveria me escutar mais vezes.

— Não quero falar sobre o que aconteceu na chuva, meu lance é outro. — Recosto no balcão e miro a minha irmã. — O Danton me contou um sonho que teve. Girassóis, um lago e uma choupana de madeira.

De imediato, Agatha para de digitar e seus dedos flutuam sobre o teclado, como se tivesse sido enfeitiçada. Também pudera, o sonho tem tudo a ver com a regressão a vidas passadas.

— Surreal, né?

— Sinistro, isso sim. — Ela finalmente descongela e volta a digitar. — Eu não sabia que cegos podiam sonhar com coisas que nunca viram.

— Ele já viu em outras vidas — elucido.

— Tem razão, foi estupidez da minha parte. É que a gente nunca pensa nessas coisas. — Ela entra num estado reflexivo, mas sai dele rapidinho quando se lembra de algo que parece megaimportante. — Ei, já descobriu o signo dele?

— Ah, para com isso. Não vou perguntar o signo dele, que coisa ridícula. — Recuso, com movimentos espalhafatosos.

— Poxa, Cléo. Posso estudar a combinação entre vocês. Sempre funciona, tá?

— Aff. Olha só, saindo do cosmos astrológico e caindo aqui na Terra, preciso da sua ajuda com uma coisa.

— O que é? — Ela se interessa.

— Ele me convidou para ir a um evento da Lamartine. Quero muito sua ajuda com o vestido.

— Amanhã cedo, o Kléber estará por aqui e poderemos bater perna por umas duas horinhas. Tem alguma ideia do que quer vestir?

— Vi um vestido show em uma loja aqui perto. É vermelho, drapeado, decotado e tem uma fenda sexy na lateral. Acha que devo escolher algo mais comportado?

— Vai acompanhar o presidente de uma companhia de seguros em um evento empresarial. Sinceramente, eu optaria por um vestido de acordo. E você fica linda quando usa vermelho. Combina com seus cachos. — Ela me fita, com um olhar de admiração. — Cléo, como se sente sabendo que o Danton pode ser o cara do seu passado e, quem sabe, do seu futuro?

— Eu não sei. — Fixo um ponto sobre o balcão. — É esquisito.

— A mamãe vive dizendo que as pessoas não entram nas nossas vidas por acaso. E que sempre cruzamos com afetos e desafetos do passado para resolver pendências.

— Que pendência eu tenho com o Danton? — questiono, curiosa.

— Eu não vi o restante daquela vida... pode ter acontecido tanta coisa. Mas eu sinto que seu reencontro é tipo um resgate, uma continuação do que ficou lá atrás. Quem sabe até um bônus? Você sofreu nesta vida, se ferrou bastante e, agora, terá a oportunidade de ser feliz de verdade, aprender as lições pelo amor, não mais pela dor.

— Uau, que lindo discurso — elogio, extasiada. — É assim com você e o Diego?

— Não é bem assim, temos os nossos perrengues. Mas, no geral, somos felizes. Você sabe, eu amo aquele loiro gostoso.

— E ele te ama também, é notório e até muito chato às vezes. — Reviro os olhos e ela cai na risada. — Estava aqui pensando...

— Tenho medo quando você pensa. — Minha irmã desliga o computador e sua atenção recai sobre mim. — Fala logo.

— O parque itinerante continua na cidade, não é?

— Que eu saiba, ficará até o final do mês. — Minha irmã faz cara de eureca. — Está pensando em procurar a vidente? Quer ouvir o restante da leitura? É isso?

— É besteira, eu sei. — Limpo uma sujeira inexistente sobre o balcão e ajeito as canetas com a logomarca da clínica. — Sei lá, talvez eu tenha perdido algo importante.

— O importante é como você se sente com relação ao Danton. O resto é balela e especulação. — Agatha segura as minhas mãos e fixa o olhar no meu. — Cléo, deixa rolar.

— Você tem razão. Vamos deixar fluir.

Vista-se de um aroma que traduza
a sua personalidade.

Nove da noite. Já levei o Loki e o Osho para um rolezinho básico pelo bairro e os dois acabaram de jantar. Mesmo sem incrementos na ração, não resmungaram. Comeram todos os grãozinhos e lamberam suas respectivas tigelas até ficarem brilhantes.

Osho está jogado no meio da sala, como um tapete de grife, ou pedigree, no caso. Loki está deitadão no meu sofá, assistindo a uma reprise do jogo do Corinthians. Ele fica feliz quando ligo a televisão e deixo o jogo rolar, fazer o quê?

Termino de me arrumar no quarto. Escovo os cabelos, borrifo um perfume nos pulsos, atrás das orelhas e entre os seios. Abro a gaveta destinada à maquiagem e procuro um batom claro, nada muito dramático.

De frente para o espelho de corpo inteiro, checo o visual. Ajeito o decote do vestido floral e resolvo testar algumas combinações de acessórios. Sou básica, portanto, tudo soa extravagante. Sendo assim, enfio um anel no dedo, um par de brincos delicados nas orelhas e *voilá*.

Estou me sentindo uma adolescente prestes a sair pela primeira vez com o namorado. Não que eu esteja namorando, fala sério. Foi só um beijo bêbado, num cenário atraente, debaixo de uma chuva sugestiva.

Deixo a bolsa sobre a mesa, enfio uma nota de cinquenta reais entre os peitos (Agatha me ensinou a manobra) e me despeço dos meus filhotes peludos.

Osho nem se mexe, como se estivesse dizendo: "Vá lá, traidora de cãezinhos fofos". Loki está tão vidrado no jogo que nem me escuta. Chamo de novo e ele me encara, meio perdido. Aff, desisto.

Saio de casa e tranco a porta. O elevador não demora a chegar e logo estou descendo para o térreo. Cruzo com o síndico, deixo um boa-noite para o porteiro e caminho apressada em direção à rua.

Danton está parado no meio da calçada. Está contra a brisa, portanto, seus cabelos castanhos compridinhos esvoaçam para trás, no maior charme. A camisa jeans também está sendo acariciada pelo vento e posso ver a camiseta branca por baixo. Eu já disse que piro geral nesse visual?

Ele detecta a minha presença. Faz um giro com o pescoço e, pela primeira vez, acerta o alvo, com precisão milimétrica.

Passo pelo portão e saio para a calçada, parando a um passo de distância dele.

— Senti um aroma contraditório — ele diz, entre inspirações.

— Esse vai ser difícil — afirmo. — Li a fórmula e as notas do perfume.

— Posso? — Ele não espera minha resposta e se aproxima.

Enrijeço quando Danton afasta os meus cabelos dos ombros e toca o meu pescoço com a ponta do nariz. Quem vê de longe, deve pensar que se trata de um vampiro e sou sua vítima. As aparências podem enganar.

Ele me inspira e pressiona os lábios contra a minha pele arrepiada. Só não desfaleço para valer porque Danton enlaça minha cintura e não permite que eu derreta sobre o calçamento.

— Percebo flor de laranjeira e duas fragrâncias de laranja.

— Continue.

Ele me inspira novamente e degusta o meu aroma.

— Esse perfume é como o sol — Danton compara. — Sinto mel e uma nota de baunilha.

— De novo, eu tô impressionada — murmuro e minhas mãos se erguem no ar, alcançando o peito dele e se detendo ali. — Falta descobrir uma nota.

— É um cheiro sofisticado, precioso, feminino. — Ele me cheira mais uma vez e, se fizer isso de novo, não respondo por mim. — Jasmim. Esse último foi difícil de identificar.

— Caramba, esse seu dom é assombroso — digo, pasma. — O que fazia quando criança? Ficava cheirando as coisas?

— Sim, o tempo todo — ele revela, com um sorriso singelo. — Aromas são a quintessência da personalidade de uma pessoa. Se você escolher o perfume certo, revelará, inclusive, aspectos da sua alma.

— Hmmm, gostei disso. Soa tão poético. — Deslizo as mãos para os ombros dele, entrelaçando-as em sua nuca cheirosa. — Você é um homem apaixonante, Danton.

— O que isso quer dizer, exatamente? — ele questiona e prende o ar nos pulmões.

— Eu não sei ainda. Mas vou descobrir.

Tudo o que acontece de bom ou ruim
tem uma razão de ser.

De mãos dadas, caminhamos sem pressa pelas ruas arborizadas do bairro.

Apesar da escuridão sem lua ou estrelas no céu, as calçadas estão bem iluminadas. Não definimos um rumo, é um encontro às escuras.

Pergunto sobre a Vida, e Danton afirma que ela está bem, apesar de odiar esse tempo de molho. Conta que ela se esconde quando a pomada que receitei entra em cena, e tanto o motorista quanto a governanta levam um baile dela.

— Motorista, governanta, cão-guia... Você é um cara de sorte.

— Sem dúvida.

— Outro dia, você falou a respeito da sua raiva e eu fiquei curiosa. Por que sente necessidade de colocá-la pra fora?

— É um sentimento que me faz mal.

— Não dá para se livrar da raiva. É inata ao ser humano — pondero.

— Não estou tentando me livrar. É mais no sentido de transmutar, transformando o sentimento em algo positivo, talvez até criativo.

— A raiva, bem canalizada, costuma se transformar em força. E isso, pelo que pude perceber, você já tem.

Ele aperta a minha mão com mais intensidade, o que me causa algumas reações corporais involuntárias. Já senti desejo por alguém antes, mas nada parecido com o que estou experimentando agora.

Sei que não deveria falar sobre a vidente, muito menos sobre a regressão da Agatha. Mas sinto um ímpeto difícil de controlar. Quando dou por mim, já iniciei o assunto e não posso voltar atrás.

— Se eu acredito em vidência e regressão? — Danton questiona, intrigado. — Por que a pergunta?

— Você me contou um sonho que teve com um campo de girassóis, um lago e uma choupana de madeira.

— E o que isso tem a ver com a sua pergunta? — ele interroga, curioso.

— Vou chegar lá.

Continuamos andando a esmo. Danton respira fundo, talvez para clarear os pensamentos.

Eu gostaria muito de saber se a tela mental dele funciona como a minha, mas deve ser difícil investigar algo tão profundo e pessoal.

— Eu tenho esse sonho recorrente desde criança. — Ele recomeça o diálogo e não parece desconfortável em dividir suas memórias. — Estou sempre no mesmo lugar, de frente para um lago azul translúcido. O dia é ensolarado, com nuvens brancas e um céu azul-celeste. Há um gramado verde mais adiante e, ao olhar no entorno, percebo que estou bem próximo de um campo de girassóis maduros. As hastes são tão altas que alcançam os meus ombros. — Ele faz uma pausa curta e continua: — Um pouco mais distante, consigo enxergar uma choupana de madeira, algo que lembra um chalé de inverno. Depois disso, sempre vejo a imagem de uma mulher em um vestido floral. Descalça e com os cabelos soltos ao vento, ela gira sobre o gramado, como se a felicidade fosse um sentimento constante em sua vida. Não consigo ver o seu rosto, mas eu sinto o seu perfume. Ela cheira à pureza.

— Caramba, estou arrepiada — murmuro, morrendo de inveja da tal mulher feliz que tem cheiro de pureza. — O sonho acaba aí?

— Não. — Ele tateia o ar com a bengala e parece ganhar tempo. — Algo acontece e eu não sei bem como explicar.

— Tente.

— O cenário muda drasticamente. Vejo lama, corpos estirados no chão e o som da batalha quase me enlouquece. Então, um clarão cega os meus olhos e, na sequência, só vejo escuridão. Nesse ponto do sonho eu acordo, suado e aos gritos.

Um calafrio rasga a minha coluna de baixo para cima. Minha pele reage, superaquecendo. Minha respiração se torna rápida e imprecisa. Meu coração dispara e a boca fica seca de repente.

— Agora, conte-me, o que isso tem a ver com vidência e regressão? — Danton interroga, interessado. — Está querendo me levar em uma vidente que hipnotiza as pessoas e resgata memórias de vidas passadas?

— Não será necessário — informo e reteso os lábios, sem saber ao certo como continuar a conversa.

— Não me deixe na escuridão, Cléo — ele diz, em tom brincalhão. Mas esse bom humor causa um efeito catastrófico no meu sistema nervoso. Odiei o trocadilho. — Ainda está aí?

— Estou — murmuro, áspera.

— Sua vibração mudou muito — Danton observa.

— Eu sei.

— Devo me preocupar?

— Não, vai passar logo.

— Não vai mesmo me contar o que uma coisa tem a ver com a outra? — ele insiste.

Estamos bem próximos da entrada do parque. Os portões estão fechados e a iluminação é parca. Sinto um arrepio correndo a espinha e não sei dizer o motivo da minha apreensão.

— Cléo...

— Vou contar, só preciso de mais alguns segundos.

Não temos mais alguns segundos. Um moleque surge do nada e o sussurro me avisa que esse encontro estava marcado. Aliás, a voz andrógina vai além e me conta que esse garoto foi o responsável pela bomba que cegou Danton na outra vida.

Uma raiva incontida explode na altura do meu estômago e sobe até a garganta, queimando tudo por onde passa. Minha vontade é de esmurrar o moleque até ver sangue, mas o sussurro parece ter se materializado às minhas costas e toca o meu ombro retesado. Quando sinto a mão etérea, o sentimento de vingança se dissolve, como nuvem de fumaça. Uma serenidade desmedida me invade, de maneira impossível.

— Passem tudo. — O moleque tem uma arma.

Tudo o quê? Eu não tenho nada. Estou sem bolsa, sem carteira, sem lenço e sem documento. A única coisa que tenho comigo é a nota de cinquenta devidamente escondida, um anel de prata reluzente e um par de brincos da lojinha da esquina.

— Fique calmo — Danton pede, com um tom apaziguador.

— Anda logo, *playboy*, não tenho a noite toda.

Merda, merda, merda. Não posso ficar aqui parada como se a situação não fosse comigo. O sussurro que me perdoe, mas não vou permitir que algo de ruim aconteça. Tomo a frente do Danton e encaro o garoto nos olhos. Ele parece vidrado, como quem está drogado. Antes que eu possa entregar a nota de cinquenta, o meliante sacode a arma nas minhas fuças e diz, num tom de ameaça:

— Aê, mina, fica na tua e ninguém vai se machucar.

— Por favor, abaixe a arma — peço, balbuciando.

— Cala a tua boca, vadia.

Sem aviso, o moleque se descontrola e levo uma coronhada no rosto. Cambaleio e caio para o lado, perdendo o equilíbrio. Só vejo o chão se aproximar e não há nada que eu possa fazer.

Sinto os joelhos esfolando na queda. Meu cotovelo direito, idem. Quando giro o pescoço para acompanhar o desenrolar dos acontecimentos, um grito de desespero fica preso na minha garganta.

Um tiro acaba de ecoar pela avenida.

A justiça é divina.
A vingança não é de Deus.

Calma aí que vou tentar me acalmar aqui. Voltando uns poucos segundos, vou repassar o que meus olhos atônitos assistiram até o presente momento. Foi tudo tão rápido, tão impressionante, que ainda sinto o grito querendo escapar da garganta.

Eu não sei como aconteceu, mas Danton agiu como se enxergasse perfeitamente a cena. Assim que fui agredida, ele partiu para cima do garoto, sabendo exatamente onde estava a arma.

A luta pelo objeto fatal começou. Danton ergueu o braço do rapaz no alto e deu uma chave na outra mão do moleque utilizando a bengala. Já vi golpes como esse em filmes de ação, mas nunca tinha presenciado nada parecido ao vivo.

O tiro subsequente era óbvio. O garoto estava lutando pela arma e seu dedo continuava no gatilho. Quando o revólver disparou, ele se assustou. Danton, não. Como se soubesse exatamente o que fazer, desarmou o moleque e o jogou contra os portões do parque. A bengala está no chão e a situação agora é outra.

A mão esquerda de Danton está no pescoço do rapaz, enforcando-o contra o portão de ferro. A mão direita pressiona a arma contra a têmpora do moleque. Vejo ódio exalando de Danton e muito medo nos olhos alucinados do garoto.

Tenho que fazer alguma coisa, preciso impedir uma tragédia.

Nesse instante, o sussurro invade meus ouvidos novamente: "Não se envolva ou vai se ferir novamente. A ajuda está a caminho".

Antes que eu possa contra-argumentar, a voz retoma: "Entenda a situação. Danton está entrando em contato com o desejo de vingança. Ele não sabe o motivo, mas sente a raiva inflamada tomando conta de tudo".

Devolvo: "E eu não posso fazer nada para ajudar?".

O elo mental se mantém inabalado e recebo a resposta: "Danton é dotado de livre-arbítrio e já se mostrou uma pessoa de bem. Tenho certeza de que tomará a decisão correta".

Resmungo, ainda que lúcida e centrada: "Não há mesmo nada que eu possa fazer ou dizer?".

A voz do além conclui: "Não cabe a você".

Meu olhar se firma em direção ao portão de entrada do parque. Noto que o indicador de Danton está no gatilho. Sua mão está trépida, e não é de medo. É ódio, do tipo que chega a ser palpável.

— Atira logo, seu cego filho da puta!

Ai, caramba. É por causa de idiotas provocadores como esse que as tragédias acontecem no mundo, todo santo dia. É muito atrevimento, e não sei dizer se o moleque é corajoso ou um tremendo de um covarde.

Apoio a mão no chão e tento me erguer. A entidade etérea batizada de "meu mentor espiritual" resolve invadir meus pensamentos e seu tom é de ordem: "Fique onde está ou irá desconcentrá-lo. Isso, sim, poderá terminar em tragédia".

Droga, estou de pés e mãos atados, além de amordaçada. Assim, fica difícil fazer algo que preste. Odeio me sentir impotente, dá uma baita sensação de inutilidade ou de covardia.

Contrariado, Danton desengatilha a arma e abre o tambor, como quem é íntimo das armas de fogo. Descarrega as balas no chão, e eu acabo suspirando, aliviada. O moleque, pelo contrário, fica irado e tenta se desvencilhar da mão que o enforca contra o portão. Antes que um novo embate aconteça, a ajuda chega, bebendo um *mochaccino* de caramelo.

Já falei que amo estes dois fardados?

Seja o herói da sua vida.

A viatura para em cima do meio-fio. O *mochaccino* de caramelo sai de cena e os dois policiais saltam do carro, prontos para enfrentar a situação. Nem tento explicar o que está acontecendo, nem como chegamos a esse desfecho. De nada serviria.

Apesar da aparência de bons moços, Amaro e Mocha foram treinados à exaustão para responder de acordo a uma ocorrência envolvendo armas de fogo. Ambos destravam seus coldres e apontam suas armas na direção de Danton. Engulo o ar em seco e peço proteção divina.

— Solte a arma, devagar. — Amaro fala com autoridade.

— Solte, Danton. — Mocha engatilha o revólver e me fita, rapidamente. — Você está bem, Cléo?

— Estou. — É o que sai dos meus lábios trêmulos.

O moleque está ficando roxo e Danton solta a arma, mas não afrouxa o enforcamento. Chuta o revólver para trás, na direção dos policiais. Mocha se inclina, sem desviar a atenção da ocorrência. Pega a arma e não faço ideia dos próximos movimentos.

— Mãos na cabeça, os dois — Amaro ordena.

— Se eu soltar, ele fugirá — Danton avisa.

— Deixe isso com a gente. — Mocha intervém. — Mãos na cabeça.

— Depois não diga que não avisei. — Danton solta o garoto e leva as duas mãos à cabeça.

Como profetizado, o garoto sai em disparada, como se um bando de leões estivesse em seu encalço. Amaro xinga alto, e Mocha sai correndo atrás do meliante, com a arma em riste.

— Amaro, vá ajudar o seu parceiro. Prometo ficar bem aqui com o Danton para prestar esclarecimentos.

— Cléo...

— Confie em mim. Sabe onde trabalho e onde moro. Pelo amor de Deus.

O policial assente e volta para a viatura. Liga a sirene e sai no encalço do moleque. Danton abaixa os braços e me procura. Ergo-me do chão e vou ao encontro dele.

— Cléo, ele te machucou?

— Não sei, mas minha testa está latejando. — Levo a mão ao local dolorido e está úmido de sangue. — Acho que me cortei.

— Desgraçado — ele rosna. — Covarde.

— Ei, está tudo bem. — Aproximo-me um pouco mais. — Uma pessoa descontrolada teria atirado e fico aliviada por não ter apertado o gatilho.

— Vontade não me faltou — Danton revela.

— Cara, você é algum super-herói disfarçado? Sério, me senti na série *Demolidor* quando desarmou o garoto daquele jeito — comento, orgulhosa. Danton faz cara de paisagem e arremato: — Sabe de que herói estou falando, né?

— Desculpe, nunca ouvi falar.

— Aff. Vou te apresentar na primeira oportunidade. Sofá, Netflix, pipoca e *Demolidor*.

— É um convite? — Suas mãos me caçam e, quando encontram, sou puxada para um abraço reconfortante. — Se for, eu aceito.

— Claro que é um convite. — Deito o rosto na camiseta dele e, putz, sujei o tecido branco de sangue. Afasto-me e peço desculpas.

— Não se importe com isso — ele diz, balbuciando. — Temos mesmo que esperar os policiais? Você precisa de atendimento médico.

— Não deve estar tão ruim assim. Relaxe, estou bem, meu super-herói.

Se não for para somar,
melhor calar.

Amaro e Mocha retornam da busca de mãos abanando. O moleque desapareceu na escuridão da noite, como um gato soturno. Era de se imaginar. Apesar de drogado, o garoto é muito ágil.

Amaro apreendeu a arma e nos interrogou no meio da rua. Quando se deu por satisfeito, acabou nos liberando, e o motorista do Danton nos levou ao pronto-socorro. Apesar de a cabeça latejar, o corte não parece profundo, tanto que parou de sangrar.

— Como sabia o que estava acontecendo e como conseguiu reagir daquela forma? — pergunto, com a cabeça deitada sobre o ombro dele.

— Lembra do lance da raiva acumulada? — murmuro um sim. — Pois bem, pratiquei todas as artes marciais existentes no Brasil na vã tentativa de eliminar o sentimento.

— Caramba, você é muito bom. Tipo um Steven Seagal.

— Faz algum tempo que não entro em um tatame. E eu conheço o Steven Seagal, antes que resolva me apresentá-lo também.

Deixo a piadinha de lado. Entro num modo reflexivo e pondero:

— O corpo tem memória muscular, aprendemos certos movimentos que acabam ficando impregnados no nosso DNA. Mas fiquei chocada mesmo quando notei que você sabia o que fazer com a arma. Aprendeu em apenas dois meses no clube de tiro?

— Não, aprendi a atirar quando era criança. Meu pai era fã de armas de fogo e tinha uma coleção impressionante.

— Seu pai te ensinou?

— Não, foi outra pessoa. Meu pai não me deixava chegar perto das armas.

Danton alisa minha mão sobre seu peito manchado de sangue. Relembro que estava prestes a contar sobre a vidência e a regressão da Agatha quando o assalto começou. Talvez, eu deva guardar a informação para mim, afinal, não vai somar nada às nossas vidas. Ou vai?

O motorista estaciona o carro sobre a calçada rebaixada e para em frente ao hospital. Desço do carro e logo Danton está ao meu lado. De mãos dadas, seguimos para o guichê de atendimento. Quando passo por um espelho, dou de cara com uma imagem que me faz estremecer.

Droga, vou ter que usar maquiagem pesada amanhã à noite. Ninguém merece.

Sua vida é preciosa.
Cuide bem dela.

Estou em casa e não estou sozinha. Loki fez uma baita festa quando chegamos e Osho está no meu colo, cheirando o curativo na minha testa. Explico para o meu velho que foi um acidente, mas ele não parece muito convencido.

Meu golden traz uma bolinha babada e cutuca a mão de Danton. Ele, por sua vez, pega a bola e joga no rumo que estou indicando.

Loki sai em disparada pelo corredor dos quartos, escorregando no tapete e indo de encontro ao espelho na parede oposta. Caio na risada e explico em voz alta o que está rolando.

Desligo a televisão, já que o jogo do Corinthians acabou faz tempo. Deixo Osho sobre o tapete da sala e ofereço uma cerveja ao Danton. Ele aceita e pego sua mão, levando-o até o balcão que separa a sala da cozinha. Indico um banco alto e ele toma assento, aguardando a breja gelada. Nós merecemos, não?

— Foi uma noite e tanto. — Abro duas *long necks* e estendo uma para ele. — Depois dessa, vou tomar cuidado redobrado quando sair para passear com meus meninos.

— Não há mais lugar seguro neste mundo. Passei por uma situação similar em Nova York. Mas não era uma arma de fogo, era uma faca.

— O que você fez?

— Eu estava sozinho, entreguei o que tinha. Não valia a pena me colocar em perigo.

— Hoje valeu a pena? — pergunto, segurando meu ego sob rédea curta.

— Não tenha dúvidas disso.

Com essa declaração mais do que fofa em um nível *hardcore*, bebo uma golada generosa da minha breja geladinha. Antes que eu possa pensar no que fazer com o Danton quando a cerveja acabar, ele deixa a garrafa sobre o balcão e seus óculos de sol me buscam na cozinha.

Estou debruçada sobre o granito que reveste o balcão e estendo a mão, tocando o braço dele. Com esta deixa, ele finalmente acerta o alvo, como se realmente estivesse me enxergando.

— Nossa conversa ficou inacabada.

Droga.

— Que conversa? — Faço-me de desentendida.

— Vidência e regressão. Você tinha algo a me dizer sobre isso e, pelo que me lembre, faria algum paralelo com os meus sonhos recorrentes.

Droga *x* droga.

— Ah, é.

— Vai me contar?

Droga *x* droga *x* droga.

— Pode ser amanhã? Essa pancada na cabeça me deixou meio atordoada das ideias, se é que me entende. — Saio pela tangente. — Tenho um retorno para atender às oito. É quase uma da manhã, preciso de um banho demorado e eu não funciono bem no dia seguinte se não dormir, pelo menos, por sete horas ininterruptas.

— Está me dispensando?

— De jeito nenhum.

— Foi um bom discurso para dispensar alguém.

— Danton...

— Eu tô brincando, Cléo.

— Seu motorista está aí na porta? — questiono, por garantia.

— Com certeza, não se preocupe.

— Te levo até a portaria. — Prontifico-me.

— Eu sei me virar.

— Sei que sim. É só meu jeito de agradecer pelo que fez hoje.

O básico também é legal.

Depois de um abraço demorado e um mísero selinho nos lábios, – segundo Danton, beijar de verdade poderia abrir o ferimento na minha testa – voltei para o meu apê e me joguei num banho de quase quarenta minutos. Tomei um remédio para a dor e caí na cama, doida por uma noite de sono revigorante.

O problema é que situações de estresse zoam com todo o nosso sistema, e minha mente demorou demais a desligar. Que eu me lembre, a última vez que olhei para o relógio eram quatro da manhã.

O despertador grita nos meus ouvidos, avisando que são sete horas. Demoro a me situar e meus olhos se recusam a abrir. Não quero levantar agora, só preciso de mais umas quarenta horas de sono. Não é pedir muito, vai.

Loki enfia o focinho gelado no meu cangote e dou um salto na cama. Droga, ele quer passear e não estou prestando para nada. O golden abana o rabo e late, impaciente com a minha demora. Tá bom, eu entendi, já estou levantando.

Arrasto-me até o banheiro e dou de cara com um monstro no espelho. Grito e a imagem grita de volta. Mas que merda, parece que tomei uma porrada no olho direito! Não acredito nisso, não pode ser verdade.

Irritada em um nível acima do infinito, lavo o rosto e a marca roxa continua ali, em volta do meu olho inchado. Tiro o curativo, e o corte na testa ainda não coagulou, o que me obriga a fazer um novo curativo. Se eu esbarrar naquele moleque novamente, vou lhe dar um murro nas fuças.

No quarto, abro a gaveta das maquiagens e procuro alguma coisa que cubra, pelo menos um pouco, a marca do crime. Descubro que minha base está vencida e o pó compacto secou. Ah, que maravilha. Isso que dá ser básica além do limite. Quando preciso de algo que preste, está podre. Que se dane, vou usar assim mesmo. E que as deusas da *make* não permitam que uma alergia me arrase. Amém.

Dentre os diversos tubinhos, encontro um que comprei por impulso no final do ano passado. É de uma coloração amarelada e, quando adquiri, prometia disfarçar olheiras profundas. Ótimo, vai ter que servir.

Com um pincel duro feito uma pedra, espalho o troço amarelado em torno do olho atingido. Na sequência, mando ver no corretivo. Feito isso, passo uma camada generosa de base em todo o rosto. E, para finalizar, esfrego o pó compacto na pele, tomando cuidado para não estragar o que já fiz.

Hmmm, não ficou ruim, mas também não está bom. Pareço uma doente fugitiva de algum hospício. Não posso sair assim, tenho que encontrar alguma coisa para quebrar o reboque que me deixou mais branca do que já sou.

Ah, blush! Santo cor-de-rosa fofo!

Deslizo um pincel decente e macio do alto da orelha até quase o início dos lábios, mantendo uma linha reta. Esfumaço um pouquinho e *voilá*, meu ar saudável volta para o rosto.

Agora preciso vestir uma roupa, comer alguma coisa, passear com meus meninos e deixar uns biscoitinhos pela casa. E tenho apenas trinta minutos para executar todas essas obrigações. Se eu fosse dessas que não saem de casa sem maquiagem, estaria bem ferrada.

Sinceramente, hoje entendo porque gosto de ser uma mulher básica.

Laços sanguíneos são contratos de alma
por afinidade ou por carma.

Lógico que demorei demais e fiquei sem café da manhã. Óbvio que cheguei atrasada na clínica. Claro que a Agatha se assustou quando me viu. Ainda bem que meu cliente canino já estava esperando e não precisei me explicar tão cedo.

Quando o dia começa mal dessa maneira, sempre dou um jeitinho de voltar para casa antes das seis da tarde e não sair mais do meu porto seguro. Infelizmente, hoje, essa manobra será impossível.

Minha lista de tarefas está deste jeito:

1. Comprar o vestido.
2. Marcar cabelo e maquiagem profissional, pelo amor de Deus.
3. Dois atendimentos na parte da tarde, isso se não houver nenhuma urgência.

4. Cuidar dos meus meninos.
5. Evento Lamartine.

Cara, eu tô muito ferrada.

Termino o primeiro atendimento do dia, e o cachorrinho vai para casa sem o abajur assassino e com o rabinho abanando, todo feliz. Ele se recuperou muito bem da cirurgia e poderá fazer coisas de cachorro novamente.

Agatha me aguarda na recepção com uma baita interrogação no semblante. Antes de mais nada, analisa meu olho roxo por baixo das camadas de maquiagem. Dá um passo atrás, cruza os braços e, com cara de quem vai matar alguém, ela pergunta:

— Quem te bateu?

— Não é o que você está pensando — rebato, de imediato.

— Que bom. — Ela não parece convencida.

— Pelo amor de Deus, acha que o Danton me bateria? E que eu apanharia quieta?

— Não duvido de nada quando o assunto é o ser humano.

— Senta aí, vai. — Indico o sofá e ela recusa. — Tudo bem, fique de pé. Vou contar o que aconteceu ontem.

Relato todos os fatos, e o semblante endurecido de Agatha vai se desmanchando a olhos vistos. Ela descruza os braços, relaxa os ombros e até ri de si mesma por ter desconfiado de Danton.

— Satisfeita? — pergunto, quando termino a narrativa.

— Então, ele deu uma de Demolidor e seu sussurro trocou ideias com você, é isso mesmo?

— Foi como eu te contei. Nem precisei aumentar nada, a coisa toda, por si só, já soa colossal.

— Eu tô besta — minha irmã afirma.

— Imagine eu?

— Vai contar para o Danton sobre a regressão e a vidência? — Ela quer saber.

— Não sei — respondo, cabisbaixa. — Talvez eu conte, na hora certa.

Agatha checa o relógio do celular e avisa:

— As lojas estão abrindo agora. Quer comprar o vestido?

— Eu preciso.

— Certo. Deixe eu dar um retoque nessa sua maquiagem de palhaça e, então, poderemos ir.

— Aff, nem ficou tão ruim.

— Lembre-me de nunca pedir para você me maquiar, por favor. — Ela satiriza.

— Beleza, sou uma negação. — Jogo as mãos para o ar, vencida. — Neste caso, faça o seu melhor.

Luz e escuridão são a mesma energia,
dois lados da mesma moeda.

O vestido vermelho ficou um arraso. O valor é aceitável. Tenho um sapato que combina. E a Agatha vai me emprestar uma bolsa cheia de estilo. Diante de tais constatações, tiro o meu cartão de crédito da carteira e pago a compra. Saímos da loja com uma sacola charmosa e muita vontade de tomar um café. Paramos em uma padaria a caminho da clínica e estou em dúvida entre um *croissant* e um pão de queijo. Oh, que escolha difícil.

Tomamos assento de frente para uma janela envidraçada com vista para uma das laterais do parque. Uma comichão se instala no meu estômago, sem aviso. A vidente flutua entre meus pensamentos e comento o fato com a minha irmã.

— Não é de hoje que está falando sobre isso. Meu carro está na clínica, pegue e vá — Agatha opina.

— Não é besteira da minha cabeça oca? — Dou uma mordida no pão de queijo recém-saído do forno.

— A vidência ficou incompleta, por isso, você está angustiada. Apesar de que já sabemos quem é a escuridão.

— Se quer saber, acho que ele é luz — murmuro, entre mastigadas.

— É a sua luz, com certeza. Tirando esse olho roxo e esse talho na testa, você está iluminada. — Agatha aponta e beberica o café. — Me conte, não me esconda os detalhes sórdidos... não rolou nada ainda?

— Não e eu prefiro assim. Tudo o que fiz com pressa acabou destruído. — Finalizo o pão de queijo e caço um guardanapo sobre a bancada. — Já parou para pensar que luz e sombra são a mesma energia?

— Dualidades...

— Dois lados da mesma moeda — acrescento.

— Assim como amor e ódio. Apesar de parecerem contrários, são a mesma força.

Termino o café já morno e meu olhar se perde em algum lugar além do vidro da janela. A vidente-cartomante-três-olhos surge na minha tela mental e dá um tchauzinho afetado. Aff, que pessoa mais insistente.

— Você dá conta de me cobrir por mais uma hora? — pergunto, de supetão.

— Decidiu?

— Sim. Preciso das chaves do carro.

— Não deixe nada em aberto. Tire todas as dúvidas desta vez — Agatha aconselha.

— É o que vou fazer.

Desconhecemos as razões,
mas elas existem, pode acreditar.

Estaciono em um terreno irregular, cheio de pedriscos barulhentos. Deixo o carro para trás e caminho, sem pressa, até a tenda mais adiante. Vejo movimentação nos trailers e também noto o pessoal da manutenção testando os brinquedos infantis.

Enfio a cabeça dentro da tenda e não há sinal da cartomante. O aroma de incenso é forte, imagino que ela não deva estar longe. Giro o pescoço, faço uma aba com a mão para me proteger do sol e procuro. Vixi, nem sinal da mulher.

Resolvo perguntar por aí, talvez eu tenha sorte. Antes que eu possa dar mais um passo, ouço um assobio e dou uma meia-volta, de cento e oitenta graus, buscando a fonte do ruído.

— Eu sabia que você voltaria. — A mulher está sentada sobre uma lata de tinta, fumando um cigarro.

— Como poderia saber? — Uno as sobrancelhas, intrigada.

— Que porcaria de vidente eu seria se não soubesse?

— Ah, é. Tem razão.

— Venha cá, faça-me companhia.

Ela chama com ambas as mãos, em gestos espalhafatosos. Aponta para uma outra lata de tinta, tão tosca e amassada que... sei não. Um tanto hesitante, me aproximo da cartomante e tomo assento sobre o banco improvisado.

— Que diabos aconteceu com o seu olho?

— Você é a vidente aqui, descubra. — Desafio e seguro um sorriso debochado.

Dois segundos depois, ela me devolve, no meio das fuças:

— Assalto à mão armada... Você gosta mesmo de um bom drama, viu.

Caramba, fico sem saber o que dizer. Guardo o sorriso sarcástico para um momento mais oportuno e enfio a minha cara de paspalha entre as mãos, fingindo enxugar um suor inexistente.

— Sei porque voltou. Sua vidência ficou incompleta. — Ela principia o diálogo. — E, pelo visto, encontrou a escuridão.

— Você sabia que se tratava de uma pessoa. — não pergunto, é uma afirmação. — Por que não disse?

— Você não estava preparada para ouvir.

— Agora estou?

A mulher bafora, ruidosamente.

— Agora está pronta para escutar e processar a previsão completa.

Não sou de roer as unhas, mas, nesse instante, não tenho nada melhor para fazer. A cartomante dá uma tragada profunda no cigarro e parece entrar em êxtase quando seus pulmões se enchem de fumaça tóxica. Sei lá, acho que existem métodos mais legais para se sentir no nirvana.

De olhos fechados, ela diz, como se estivesse em conexão com o além:

— Hmmm, ele é bonitão.

— Quem?

— Sua escuridão.

— Ah.

Não sei bem o que está rolando aqui, achei que a mulher precisasse das cartas para identificar o futuro das pessoas. Pelo que ouvi até agora, sua vidência é real, até porque, o Danton é bonitão mesmo.

— Quer saber o motivo da deficiência visual? — ela questiona, ainda com as pálpebras cerradas.

— Como sabe que ele é cego? — pergunto, surpreendida.

— Quer ou não quer?

Droga, é claro que eu quero.

— Por favor — peço, num tom de súplica.

A mulher joga o cigarro no chão e pressiona o dedo indicador contra o terceiro olho. Suas pálpebras estremecem, como se ela estivesse sonhando ou surtando, num ataque epilético.

— Hmmm — ela balbucia. — Muito interessante.

— O que é? — Minha interrogativa soa aflita.

— Estou vendo a vida passada de vocês.

Caraca, todo mundo invade minha vida passada sem pedir licença, isso está passando dos limites.

Resolvo não interromper a vidência e acabo de roer boa parte da unha do meu dedão.

— Ele foi convocado para uma batalha num vilarejo. O que viveu lá o destroçou como pessoa. A bomba o deixou cego, e ele acabou matando uma criança inocente ao atirar a esmo. Foi um terrível acidente, mas ele nunca te contou nem se perdoou.

Meus olhos umedecem e uma lágrima rola pelo meu rosto maquiado. Perco a voz e também o chão. Sei que devo aprofundar o assunto e fazer as perguntas certas, mas nada sai da minha boca trêmula.

— Ele escolheu nascer cego nesta vida para se redimir pelo erro cometido e encontrar a paz para o seu espírito atormentado. E, depois do sofrimento autoimposto, digamos que o universo esteja dando a ele a oportunidade de ser feliz. Plenamente feliz.

Todo dom é um presente do universo.

Estou olhando para o nada, pensando em tudo. A vidente retornou do reino das conexões celestiais e acendeu outro cigarro. Enquanto ela traga e bafora, como se nada de mal pudesse acontecer, sinto-me solitária diante do fato de que não sabemos as razões das coisas.

A mulher inclina o tronco para a frente e leva os cotovelos aos joelhos, fitando-me de maneira analítica. Deixo de olhar para o nada e me volto para ela, com algumas interrogações ainda sem resposta:

— Por que a mãe dele morreu depois do parto?

A vidente traga, fecha os olhos, expulsa a fumaça dos pulmões e me encara novamente:

— A última missão dela era gerar o garoto. Não havia mais nada a fazer aqui.

— E o pai dele? Por que o odiava tanto?

A mulher faz a mesma manobra anterior e retorna com a resposta:

— Ele não o odiava, na verdade, amava o menino. Mas era uma contradição, já que o nascimento dele causou a morte da esposa. Não foi fácil para o pai, não se engane quanto a isso.

A revelação faz meus pelos arrepiarem. Eu gostaria de perguntar tudo, sobre todas as coisas, mas sinto que já tenho o que preciso. Sendo assim, resolvo finalizar a nossa conversa.

— Quanto te devo? — pergunto e abro a bolsa.

— Você já pagou, não me deve mais nada.

— Teve trabalho hoje. Não é justo.

— Eu estava te devendo o restante da vidência. Estamos quites. — Ela faz um movimento com a mão e entendo que devo fechar a bolsa. — Tem um sussurro aqui dizendo que você fará algum drama antes da felicidade plena.

— O quê? Sussurro? — Arregalo os olhos, interessadíssima. — Além de ver, você também escuta?

— Eu seria uma vidente pé de chinelo se não visse ou escutasse o que vem do outro lado, não acha? — Ela dá uma tragada profunda e solta a fumaça aos poucos, formando rosquinhas tóxicas no ar. — Estão me dizendo que você também tem o dom de ouvir. É verdade?

— É só uma voz. Nem feminina, nem masculina.

— Seu contato é diferente do meu. No início, pensei que estava ficando esquizofrênica. São muitas vozes, de todos os tipos — ela conta, como se fosse algo comum.

— É um dom.

— É um dom que precisa ser trabalhado todos os dias. — Ela tomba a cabeça de lado e parece prestar atenção a alguma coisa invisível. Acho que um sussurro está falando sobre mim nos ouvidos dela. — Dentro de alguns anos, você será uma mensageira. Não entenda como um fardo, é um presente do universo.

— Mensageira?

— Relaxe, sua missão maior ainda está ligada aos cachorrinhos. — Ela adivinha e eu nem havia contado o que faço da vida. — Suas mensagens serão um alento para corações estraçalhados.

— Mensagens de esperança?

— Mensagens de amor. E, só por esse motivo, seja feliz por existir.

A vida tem propósito,
apesar das aparências.

Estou pronta para a festa de logo mais. A maquiadora e o cabeleireiro acabaram de sair do meu apê, e a Agatha se prontificou a ficar com meus filhos peludos. Tudo isso para que eu não me preocupasse em voltar para casa tão cedo.

Minha irmã checa o meu visual e ainda acha que falta alguma coisa.

Meu olho roxo e o rasgo na testa foram lindamente disfarçados, mas, se alguém me encarar por muito tempo, perceberá o que estou tentando esconder.

— Prometa descobrir o signo dele. — Agatha sacode meus ombros, na maior indelicadeza.

— Aff, Agatha.

— Que seja Peixes, pelo amor dos astros!

— Não vou perguntar o signo do cara, fala sério. — Reviro os olhos, entediada com esse papo.

— Leu seu horóscopo hoje? — Ela aponta para o jornal sobre a bancada da cozinha.

— Eu nunca leio.

Agatha não se intimida e abre o jornal, na coluna do horóscopo. Com os olhos, vasculha o meu signo e a previsão para o dia de hoje. Aguardo, na expectativa de uma bobagem gigante.

— Hmmm, bem interessante. — Ela não revela nada e me deixa curiosa. — Quer que eu leia?

— Mal não vai fazer.

— Está dizendo o seguinte: "Câncer vai se deparar com algumas situações de conflito. Mas, para amenizar a carga negativa, uma revelação de cair o cu da bunda poderá mudar tudo".

— Está escrito isso aí? —pergunto, escandalizada.

— O *cu da bunda* foi por minha conta e risco. Adoro te provocar, você sabe. A sua cara é impagável.

— Aff, isso terá troco, pode esperar. — Respiro fundo e me aprumo. — Agatha, acha que vou me sair bem hoje?

— Como acompanhante de um alto executivo bem-sucedido? — Ela toma distância e me encara de cima a baixo. — Tenho certeza que sim. Você é linda, simpática, tem um coração gigante e é muito gente boa. O que pode sair errado?

— Sei lá eu — murmuro, incerta.

— Vai se sair muito bem, como sempre. — Ela me incentiva. — Aliás, adorei esse penteado, ficou um arraso. Acertou em cheio na escolha.

O penteado é simples, mas muito bem executado. Os fios acobreados foram presos no alto da cabeça e caem numa cascata cheia de ondinhas, deixando meu visual despojado e chique ao mesmo tempo.

— Aqui está a bolsa prometida. — Ela me estende uma bolsa estilo carteira, toda cravejada de pérolas. — Cuide muito bem dela, foi presente da vovó antes de ela partir para o outro lado da vida.

— Pode deixar. — Enfio ali meu celular, as chaves de casa e também um batom, por insistência da minha irmã. — Sabe, eu gostaria muito que ele pudesse me ver.

— Ele pode, com os olhos da alma. — Ela leva as mãos ao coração e cai na risada. — Relaxa, o Danton sentirá sua aura arrumadinha para a balada.

— Ei, mudando totalmente de assunto, não ficou cabreira com aquela vidente? — Retomo o assunto e a expressão da minha irmã muda, drasticamente. — Sinistro, né?

— Pra caramba. Ainda bem que ela não profetizou nada de ruim pra nós. — Agatha faz o sinal da cruz, fechando o corpo. — E o lance da vida passada mexeu comigo de um jeito esquisito. Eu mantinha um certo grau de ceticismo só por diversão, mas, agora, sei que tudo o que vi naquela regressão foi real.

— O Diego era seu marido naquela vida?

— Não, era outra pessoa. O Diego foi meu namorado na vida anterior a essa da batalha. Terminamos porque fui prometida a outro cara. Vidinha de merda, credo — Agatha resmunga e faz bico.

— Já vivemos tanto... E eu fico me perguntando, pra quê? — Entro num *looping* nervoso cheio de pontos de interrogação.

— Essa filosofia espiritual pode enlouquecer uma pessoa e, sinceramente, acho que ninguém encontrará uma resposta assertiva. Se eu fosse você, pensaria seriamente no pós-festa.

— Do que está falando?

— Cléo, pelo amor de Deus, estou falando de sexo.

— Ah.

— Droga, você ainda não entendeu — ela resmunga.

— O quê?

— Já fez sexo vendada? — ela pergunta, com um semblante sacana.

— Não, por quê? Você já fez?

— É alucinante, deveria experimentar. — Agatha se abana com a lembrança, e me sinto ruborizar. Não que eu seja puritana, mas conversar sobre sexo com a minha irmã é meio esquisito. — Cléo, o Danton deve ser uma loucura na cama.

— Agatha, poxa!

— Pensa comigo: o Danton não enxerga e, se você for criativa, vai deixar o cara maluco, em ponto de ebulição. E um cara ensandecido na cama, minha irmãzinha, é sexo selvagem garantido!

— Agatha!

— Só estou te dando as coordenadas, não seja chata.

— Não acredito que esteja me dando conselhos sexuais. — Fecho os olhos e chacoalho a cabeça, na vã tentativa de me esquecer dos últimos diálogos. — Fique tranquila, eu me garanto na cama, tá bom?

— Cléo, provoque até deixar o cara doidão.

— Eu já disse que me garanto. Cuide dos meus meninos e não fique falando essas besteiras perto deles, eles entendem.

— Divirta-se sem moderação, combinado? — Ela me lança uma piscadela pervertida e só me resta rir.

— Ok, sem moderação. Deixe isso comigo.

O equilíbrio é a chave de uma vida plena.
Saiba doar e aprenda a receber.

São onze da noite e fazia tempo que eu não saía tão tarde. Me despeço da Agatha e desço o elevador a caminho da festa. Deixo um oi e um tchau para o porteiro e vou para o portão já aberto. Vejo o motorista com seu quepe cheio de estilo, e o Danton, como todo bom *gentleman*, já me aguarda com a porta de trás aberta. Ah, nunca vou me acostumar com esse clichê. É tão fofo!

Ele está trajando *black tie* e minha respiração dispara, assim como meu coração. Danton está incrivelmente *sexy* e gato e vitaminado e gostoso e poderoso... Um verdadeiro demolidor de mulheres românticas desesperadas.

— Senhorita, está linda esta noite. — O motorista observa e se aproxima de Danton, dizendo em alto e bom-tom: — Ela está usando um vestido vermelho que combina com seus cabelos.

— Ei, pediu para o seu homem de confiança fofocar sobre a minha roupa? — pergunto, fingindo indignação.

— Pedi, sim. — Danton sorri e me estende a mão. — O restante, descobrirei por conta própria.

Hmmm... Isso soa bem interessante.

Aceito a mão que permanece no ar e sou puxada sem aviso e sem qualquer pudor. Bato contra o peito dele e meu pescoço é inspirado, com requintes de crueldade extrema. Cara, assim eu desmonto.

— Pimenta rosa — ele declara, com um sorriso lateral.

— Como sabe a cor da pimenta? — pergunto, escandalizada.

— Aromas possuem cor.

— Só no seu mundo.

— Cheire uma flor de olhos fechados. Tente descobrir a coloração. Com um tempo de treino, vai acertar a cor noventa e nove por cento das vezes.

— Sério? Eu preciso testar.

Danton me conduz para o carro e eu tomo assento, um tanto indignada pela minha falta de sensibilidade olfativa. Ajeito o vestido e deito a bolsa sobre o colo, tomando cuidado de não recostar no banco para não estragar o penteado bacana.

Pelo espelho retrovisor, noto que o motorista me fita, com um sorriso entre os lábios. Será que percebeu o olho roxo? Não estou vestida adequadamente? Errei na escolha do penteado? Ah, que saco, não estou a fim de perguntar.

Danton entra no carro, o motorista deixa o quepe de lado e aciona a luz traseira. Fico sem entender e, antes que eu exclame alguma coisa, o rapaz estende uma caixa preta na direção do chefe, patrão, comparsa, sei lá.

— É este? — Danton busca confirmação.

— Com o vestido vermelho, com certeza é este. — O cara, com ares de agente secreto, atesta.

— Alguém pode me dizer o que está acontecendo aqui? Aliás, vocês notaram que estou presente neste carro?

O motorista olha para a frente e recoloca o quepe. Danton alisa a caixa preta e, pelo formato, acho que contém uma joia, na verdade, um colar. Ele quer que eu use algo caro, é sério mesmo?

— O que é isso, Danton? — Aponto para a caixa, mas é óbvio que ele não vê.

— Você me disse que usaria um vestido vermelho hoje, mas poderia ter mudado de ideia. Pedi algumas opções na joalheria, incluindo um colar que combinasse com vermelho.

Antes que eu objete, ele abre a caixinha e o que se revela lá dentro faz a minha respiração ser interrompida, como se eu tivesse tomado um baita susto. Eu nunca tinha visto um rubi tão grande e estou me sentindo péssima em todos os sentidos.

— Quer que eu use isso esta noite? — Meu tom é desdenhoso. — Não está satisfeito com a minha companhia? Precisa mesmo que eu desfile com uma joia cara dessas no meu pescoço? — Trinco os dentes de raiva. — Na boa, acho que convidou a pessoa errada para esta festa.

Ameaçou abrir a porta do carro, e o motorista liga o motor e acelera. Ah, caramba, agora estou sendo sequestrada? Jura mesmo? Bufando, recosto no banco e nem ligo mais para a porcaria do penteado.

— Você está entendendo errado. — Danton se defende.

— Está querendo que eu use algo que não é meu — rebato, alterada.

— Quem disse que não é seu?

Lembra da respiração que tinha sido interrompida? Então, agora ela é rápida, inconstante e irada. Em que mundo esse cara vive? Acha que pode comprar as pessoas assim? Que palhaçada!

— Eu não sei que merda passou pela sua cabeça, mas eu não posso aceitar uma joia que custa mais do que o meu carro. Se no seu planeta isso é troco de balada, no mundo em que eu vivo o valor dessa joia pode ser a renda anual de uma pessoa.

— Cléo, não foi minha intenção te ofender.

Danton fecha a caixa com um baque surdo e estou prestes a pedir para o motorista fazer a volta e me deixar em casa. Para eu não me arrepender depois, resolvo dar o benefício da dúvida.

— Por que fez isso? Em que estava pensando? — Minha irritação não passa despercebida.

— Eu me esqueci que você é diferente das mulheres que conheci. Por favor, me perdoe. Não tornará a acontecer — ele se justifica. — Ainda assim, eu gostaria de fazer um apontamento.

— Fala — digo, num rompaute.

— Você sabe se doar como ninguém, mas é péssima em receber. — Ele fundamenta, sem se perturbar. — Mas eu compreendo seu ponto de vista. Pela sua reação enfurecida, acho que exagerei.

Você é a personificação da dualidade.
Que lado costuma alimentar?

O motorista se finge de morto, como se não tivesse presenciado nossa primeira briga. Se eu estivesse no lugar dele, teria dito alguma coisa, qualquer besteira. Mas não, ele continua dirigindo pelas ruas da cidade, fazendo-se de surdo e mudo.

Danton deixa a caixinha com a joia entre nós. Leva o cotovelo ao resguardo da janela e deita o queixo sobre a mão, erguendo a cabeça, talvez pedindo aos céus que resolva o nosso entrave.

Continuo me fazendo de durona. Gostaria que ele entendesse que não sou como as outras mulheres que conheceu no meio do caminho. Odeio ostentação e não sou fã de joias.

Mas como ele poderia saber, não?

Talvez eu tenha me exaltado. Até fui ríspida demais. Danton só queria me agradar, apesar de ter errado feio. Nesse instante, começo a pensar na imensa distância que nos separa.

Minha mente faz uma analogia interessante. Vejo duas montanhas paralelas e um imenso precipício separando-as. Sou uma montanha e o Danton é a outra. Posso desistir e voltar para casa ou tentar construir uma ponte entre elas. O que devo fazer?

O caminho fácil é voltar. O difícil é construir. Não sou de desistir, por mais que as coisas pareçam impossíveis. Não posso permitir que um presente errado estrague tudo, não posso ser tão inflexível dessa forma.

— Danton, me desculpe.

Ele expira o ar ruidosamente e continua na mesma posição. Hmmm, vai se fazer de difícil, dá pra entender. Dei o primeiro passo pedindo desculpas, agora a bola está com ele.

— Eu tenho que parar com essa mania de querer agradar às pessoas com quem me importo — ele murmura e não se mexe. — E, diferentemente do que possa pensar, eu não ligo para a opinião alheia. Não quero te exibir na festa, Cléo.

— Eu vou te acompanhar neste evento, mas me recuso a usar o colar. Tudo bem pra você?

— Posso lidar com isso. — Ele sorri tristemente e se volta na minha direção. — Me desculpe, tá bom? Vou prestar mais atenção e nada parecido tornará a acontecer.

— Este é um presente muito caro e muito especial para ser ofertado assim, do nada — aponto, para que ele entenda de uma vez. — Se um dia você for se casar com a mulher da sua vida, dê este colar a ela. Se fizerem bodas, é um presente perfeito. Agora, na atual conjuntura, nada a ver, né? É só um evento social, e a gente mal se conhece.

— Eu entendi, você foi muito didática — ele comenta, com um sorrisinho debochado. Aff.

— Lembra da minha listinha de desafetos? Então, seu nome acaba de entrar pela segunda vez. Tenha cuidado, a terceira vez é a última antes da desforra.

— Você não é vingativa.

— Não sou... Até chegar no epílogo.

Luxo é ser você mesmo.

O carro para numa mansão que deixa meu queixo caído. É um lugar suntuoso, cercado por jardins bem cuidados e uma aura requintada que me faz estremecer. Nunca estive em um local como este e, do nada, me sinto insegura.

— Onde estamos?

— É a casa em que cresci — Danton revela. — Meu pai doou a mansão para a empresa.

— Ele tinha um testamento?

— Todos os caras como ele escrevem o testamento bem antes de morrer. — Danton dá de ombros. — No caso, não acho que havia necessidade, já que sou o único herdeiro do restante. Mas esta casa ele fez questão de passar para o nome da empresa e pediu que o lugar fosse transformado em um centro de convivência para os funcionários.

— Um clube.

— Algo assim.

Paramos em frente à porta principal, alguém abre a porta traseira e me estende a mão. Aceito o auxílio e ajeito a bainha do vestido, bem como as madeixas penduradas acima da cabeça.

Por um instante besta, começo a pensar que deveria ter aceitado usar o colar. As mulheres estão exuberantes, sustentando joias absurdas nas mãos, dedos, pescoço e orelhas. Estou me sentindo nua e crua — e não gosto disso.

Danton entrelaça os dedos nos meus e aciona a bengala prateada. Saca dois convites do bolso interno do *smoking* e entrega para a recepcionista. O vestido prata que ela está usando deve ser mais caro que a joia que ficou no carro.

Onde fui me enfiar?

Subimos cinco degraus de mármore e ultrapassamos as portas duplas que devem medir uns três metros de altura. O saguão de entrada é luxuoso até dizer chega e meus olhos se perdem diante da grandiosidade e das obras de arte.

— Se esse lustre cair sobre nós, estaremos mortos.

— Descreva-o — Danton solicita.

— É maravilhoso, todo de cristal, e deve pesar uma tonelada.

— Hmmm, já sei de qual lustre está falando. Meu pai mandou vir da Itália assim que se mudou para esta casa com a minha mãe.

— Ele teve bom gosto.

Ultrapassamos o saguão e vejo uma sala de estar do lado direito e uma escada em tripla hélice do lado esquerdo. Continuamos seguindo o fluxo e saímos em uma varanda colossal, finamente decorada com móveis que ultrapassam o simples "elegante".

— Passou sua infância aqui? — pergunto, interessada.

— E boa parte da adolescência. Depois, resolvi ter o meu próprio canto.

— Faz alguma ideia do que é este lugar? — indago, boquiaberta com a grandiosidade da propriedade.

— Acho que sim. — Ele pigarreia, como quem não está à vontade. — Sinceramente, sempre achei esta casa grande demais.

— Tem uma piscina maior que um shopping logo ali.

Danton ri alto com o meu comentário. Aproxima o rosto do meu ouvido e sussurra, num tom de voz pra lá de insinuante:

— Gosto do jeito que vê as coisas.

— Isso foi um elogio? — devolvo, arrepiada.

— Foi mais do que isso.

Antes que eu consiga retrucar, as pessoas começam a se amontoar em volta de nós, buscando um aperto de mão, um beijinho no rosto ou qualquer outra coisa que possam arrancar de Danton.

Sou apresentada a rostos desconhecidos, escuto nomes que nunca vou decorar e me vejo obrigada a sorrir o tempo todo. Danton tira tudo isso de letra, mas eu, sinceramente, estou ficando claustrofóbica.

— Vou dar uma volta, tá bom? — aviso e já saio andando.

— Cléo, espere. — Ele tateia o ar e me vejo na obrigação de parar e retornar. — Eu realmente tenho que fazer a social, me desculpe.

— Eu sei, não se desculpe. — Deixo um beijo no canto dos lábios dele e me demoro ali tempo suficiente para Danton relaxar. — Vou dar uma volta e pegar alguma coisa para beber que contenha álcool. Não se preocupe comigo, volto já.

Se não der para construir uma ponte,
confeccione um balão.

Estou sentada em uma mureta de pedras, num local afastado da movimentação. Não que eu seja antissocial, longe disso. Mas não estou me sentindo confortável como de costume.

O sentimento que tive no carro vindo para cá resolve se avizinhar novamente. Minha tela mental desenha as duas montanhas, o precipício e toda a ponte que a mente tenta construir acaba desmoronando.

Eu deveria ser mais inteligente e confeccionar um balão.

Danton está cercado por *smokings* e vestidos de gala. Na mão direita, sustenta uma taça com um líquido dourado espumante. Na outra mão, está a bengala prateada, sua escolta providencial na falta do cão-guia.

Noto que ele se mistura bem com essa gente da alta sociedade. Também pudera, cresceu no meio dos grã-finos e teve uma vida de príncipe herdeiro. Talvez eu deva fazer o que a

Agatha pediu: se o signo não for Peixes, eu caio fora, sem olhar para trás.

Deixo o meu uísque pela metade sobre a mureta de pedras e saio andando, sem rumo. Passo pela piscina, subo até a varanda, ultrapasso as portas de vidro e observo os quadros, as peças de arte e os móveis de madeira maciça.

Invado a sala de estar, onde alguns casais estão bem distribuídos pelos diversos sofás, aos beijos. A lareira não está funcionando, mas as toras de madeira estão alinhadas em um cesto, só esperando o momento certo para virarem cinzas.

Mais adiante, noto uma porta entreaberta. Com a ponta dos dedos, forço a madeira e abro a fresta só um pouquinho. Não há ninguém ali e me sinto à vontade para entrar.

É um escritório bem masculino, com zilhões de livros e peças de arte. Num canto, noto uma prateleira de vidro suntuosa, contendo a tal coleção de armas de fogo que o Danton me contou.

Tem de tudo na coleção, principalmente armas antigas. Corro os dedos sobre o vidro e a memória incutida no meu cérebro sobre a vida passada retorna com tudo. Talvez eu deva fazer uma regressão com o Diego, só para ter memórias reais do que realmente aconteceu no passado.

— Disseram que estava aqui.

Giro sobre os saltos vermelhos e Danton fecha a porta do escritório atrás de si. Não sabe onde estou, mas ele me sente no ambiente. Como consegue perceber? Será o meu perfume? Minha energia? Minha aura?

— Poderia ser outra pessoa.

— Eu saberia.

— Desculpe por ter invadido o escritório do seu pai, mas, quando vi a coleção de armas, tive que olhar mais de perto.

— Cléo, não se desculpe. Eu já fiz a minha parte aqui, se quiser ir embora, estou à sua disposição.

— Eu ouvi um pessoal dizendo que vai rolar música instrumental no jardim mais tarde. Violoncelos já estão posicionados sobre um tablado perto dos inúmeros carros que o seu pai tinha.

— Meus carros agora — ele observa. — Meu pai gostava de coleções. Armas, carros, negócios e até mulheres, depois que minha mãe faleceu.

— É típico de quem não sabe o que fazer com tanto dinheiro no banco — afirmo. — Enfim, quero esperar o concerto, se não se importa.

— Desde que não fuja mais de mim, será um imenso prazer.

O mundo é um só. Mas as pessoas gostam de exclusividade.

Os violoncelos abrem o concerto a céu aberto com uma sinfonia de Brahms. Apesar de amar rock'n'roll nas alturas, minha mãe me deu uma boa educação musical. Durante minha infância, ouvi Bach, Beethoven, Mozart, Brahms, Schubert, Chopin e outros gênios da música clássica.

Suspiro, maravilhada. Emoções borbulham no meu íntimo e a memória musical retorna com tudo, trazendo imagens da minha infância. Minha mãe bailando pela sala, a Agatha enfiando os fones nos ouvidos para escapar do clássico, meu pai cozinhando algo interessante no fogão, meus cachorros zoando pela casa... E eu, ali, observando tudo com um olhar curioso e atento.

Danton deita a cabeça na minha e enlaça minha cintura com mais força. Fecho os olhos, só para sentir o som reverberar na escuridão. Então, é assim que ele se sente. É sublime.

— Eu deveria tirar você para dançar, mas estou com medo de despertar a sua fúria — ele sussurra e eu deixo um sorriso escapar.

— Não sou assim tão explosiva.

— Neste caso, minha dama. — Ele toma a minha frente e faz uma reverência. — Poderia me conceder a honra desta dança?

Acho que estou mais roxa que meu olho roxo. As pessoas nos observam e eu tenho vontade de sair correndo. Mas não vou fugir. Qual é, sou uma mulher madura ou uma velocista? Com certeza, sou uma mulher tímida, só isso.

Aceito a mão que está flutuando no ar. Danton me puxa para mais perto e, como aconteceu debaixo da chuva, nós dançamos como se o mundo fosse só nosso. Para espantar a inibição, fecho os olhos por alguns instantes e encosto meu rosto no dele.

Pouco tempo depois, vários casais seguem nossos passos e dançam sobre o gramado lindamente iluminado. Uma música após a outra e eu não me canso, nem ele. Se deixar, vamos varar a madrugada aqui, até o amanhecer.

Umas oito sinfonias depois, a música para e outra banda toma conta da festa, tocando MPB das antigas. Não dá mais para dançar juntinho e os casais se desfazem. Manhoso, Danton desenlaça a minha cintura e deixa um beijo demorado e quente na minha testa.

Uma mulher alta, com peitos turbinados saindo pelo decote do vestido extremamente elegante e sensual, aproxima-se de nós com passos decididos e alvo marcado. Ela está mirando o Danton e chega rasgando o ar com um perfume doce e enjoativo.

— Roxana, há quanto tempo.

— Oi, Danton. — Ela se aproxima, deixa um beijo no canto dos lábios dele e ajeita a gravata borboleta com uma intimidade que me irrita. — Está na cidade há três meses, pensei que iria me procurar.

— Estava resolvendo pendências — ele informa e pigarreia. — Tudo bem com você?

— Melhor agora — ela afirma, num tom insinuante e sedutor que faz meu sangue ferver. — Não vai me apresentar? — A mulher aponta na minha direção, como se eu fosse inferior em algum nível.

— Claro. Está é a Cléo.

Cléo? Só Cléo? Ok, posso lidar com isso.

— Oi, querida. — A tal de Roxana sorri, falsamente. Trinco o maxilar para não falar nenhuma besteira. — Danton, meu pai não conseguiu se aproximar de você até agora e queria trocar umas palavrinhas. Coisa rápida.

— Onde ele está? — Danton questiona e ergue o queixo.

A mulher aponta e dá as coordenadas:

— Siga na direção quatro horas em linha reta. Não vai errar.

— Certo, eu já venho. — Ele deixa um beijo na minha mão, desvia dos peitos siliconados da Roxana e vai ao encontro do pai da garota.

Pelo que já pude captar, a peituda é íntima do Danton, até demais. Meu cérebro começa a fazer conexões e isso nunca acaba bem. Ela me fita de cima a baixo e estou com vontade de perguntar se perdeu alguma coisa aqui.

— O padrão do Danton caiu bastante.

— Do que está falando? — Ergo a voz e cerro os punhos.

— Queridinha, você não vai durar muito neste mundo aqui. — A garota abre os braços e seu olhar corre ao redor. — Se eu fosse você, daria o golpe logo e terminaria com isso.

— Golpe? Sua vadia, não sabe com quem está falando.

Roxana sorri, como se tivesse conseguido a resposta que procurava. Fico sem entender a situação e não sei se devo responder à altura ou me afastar dessa louca. Antes que eu decida qual a melhor solução, ela toma o meu braço, sem pressionar.

— Desculpe, eu só estava te provocando.

— Pra quê? — pergunto, abismada. — O que você ganha com isso?

O olhar dela corre até o Danton e eu compreendo tudo.

— Tiveram um lance — suspiro, inconformada.

— Muito mais do que um lance. Só não continuamos juntos porque fiz merda no meio do caminho. Traí o Danton com o melhor amigo dele. Álcool e um homem lindo te dando mole são uma péssima combinação.

— E você conta isso assim, numa boa? Nem me conhece! — Desvencilho-me da garota e dou um passo atrás. — Olha, eu não sei qual sua intenção com essa conversa nada a ver, mas não gosto desse tipo de joguinho.

— Acho que estou com ciúme. — Ela checa as unhas cor de fogo. Ergue o olhar e me fulmina, ainda que de forma imperceptível a olhos destreinados. — Você é uma mulher de sorte.

— Hein?

— Não é fácil conquistar o coração daquele ali e você conseguiu a proeza.

— Do que está falando? É a primeira vez que nos vê juntos. — Baixo o tom de voz, mas é quase impossível manter uma conversa educada com essa garota.

Roxana leva as mãos aos quadris e tomba a cabeça de lado, perscrutando minhas reações. Abre um sorriso indecifrável e eu não vejo a hora de acabar com este diálogo sem sentido.

— Ainda não percebeu, não é? — Ela deixa a pergunta pairando no ar.

— O que eu deveria ter percebido?

— Danton Lamartine está apaixonado por você. Mas não se engane: se pisar na bola com ele, estará fora do páreo.

Descarto o lance do "apaixonado" e interrogo:

— Que tipo de linguagem é essa? Eu não sou um cavalo de corrida e não acho que o Danton esteja apostando em mim. Se esse é o seu mundo... — Abro os braços, como se pudesse abraçar toda a propriedade. — ...você tem toda a razão, não vou durar muito tempo por aqui.

Sem pensar, giro sobre os saltos e caminho com destino certo. Abro a bolsa, tiro de lá o celular e procuro pelo aplicativo do Uber. É o que tenho para hoje e cansei desse mundo que não me pertence.

Ultrapasso o saguão e saio para a escada de mármore, arrancando os saltos tão logo alcanço o último degrau. Entro no aplicativo e não sei qual o nome da rua, nem o número da mansão. Procuro alguém para perguntar e meu olhar cruza com o do motorista do Danton. Torço para que ele não tenha me visto e faço um desvio no caminho, tomando outra rota para fora da casa.

— Senhorita? — Droga, ele me viu. — Madame? — Finjo que não é comigo. — Cléo, por favor, espere.

Deixo meu braço cair rente ao corpo e paro de andar. Sem me virar, aguardo o motorista me alcançar. Ele não demora muito e toma a minha frente, perguntando o que aconteceu e para onde estou indo.

— Estou indo pra casa, eu não deveria ter vindo — digo, cabisbaixa.

— O que houve?

— Não é o meu mundo.

— Do que está falando? O mundo é um só.

Ergo os olhos e fito o homem de pele negra e olhos profundos com curiosidade. Até o presente momento, não tínhamos trocado nem meia dúzia de palavras, o que, para mim, é muito estranho.

— Não sei o seu nome — comento, me sentindo péssima por isso.

— Prometa que não vai rir.

— Não pode ser pior do que o meu. — Devolvo.

— Robercleison.

— Caramba, soa pior do que o meu, com certeza. — Sorrio, de nervoso mesmo. — É um tipo de mistura de Roberta com Cleison?

— Na verdade, Robervalda com Cleison. — O motorista abre um sorriso e tira o quepe da cabeça. — Cléo, não sei o que aconteceu lá dentro, mas posso te garantir que o Danton é uma ótima pessoa.

— Ele é um cara diferenciado, eu sei disso. — Inspiro fundo. — Mas ele precisa de uma mulher que goste desse mundo de sofisticação e festas de arromba. Não sou essa pessoa e eu realmente sinto muito por isso.

— Acha que o Danton gosta disso? — Robercleison aponta para a casa, meneando a cabeça em negativa. — O negócio dele é outro.

— Como assim?

— Quando ele diz que é um cara simples, eu posso atestar o fato. E é generoso ao extremo, Cléo. Ele me deu um emprego quando ninguém mais acreditava em mim. Ajudou a minha família. Colabora com entidades de forma anônima. Apesar dos pequenos luxos no dia a dia, é um cara verdadeiramente humilde.

— O que está tentando me dizer?

— Estou falando que você está julgando pelas aparências. Não faça isso. Um homem como o Danton não se encontra em qualquer esquina.

*As aparências, definitivamente,
são enganosas.*

A conversa termina quando Danton aparece no alto da escada de mármore. Robercleison corre para ajudá-lo e eu já não sei mais se devo chamar um táxi.

Giro sobre os pés descalços e acompanho a descida de Danton e a subsequente aproximação, com o motorista em seu auxílio. Dizer que estou confusa seria redundância da minha parte, portanto, vou apenas roubar a frase de Sócrates e afirmar que "só sei que nada sei".

Danton entrega a bengala ao motorista. Robercleison me olha por um tempo curto, mas o diálogo visual demora algumas décadas. Sei o que ele está tentando expressar e meneio a cabeça, garantindo que recebi a mensagem.

Engulo em seco e não sei como começar a conversa. Eu deveria me desculpar por ter saído sem me despedir e coisa e tal, mas, sinceramente, não estou com vontade de me explicar.

— Não foi a nossa melhor noite — ele afirma e parece inconformado com o rumo dos acontecimentos.

— Não mesmo.

— Eu gostaria que me dissesse em que está pensando.

— Não gostaria, não.

— Cléo, o que a Roxana disse a você?

— Não foi ela, Danton. Nem você. O problema aqui sou eu — aponto a culpada. — Você é um cara sensacional, mas eu não combino com a sua vida, nem com você. Eu gostaria que fosse diferente, mas não podemos forçar uma situação. Se o sapato não é o seu número, melhor não calçar.

— Analogia bacana.

— Danton, ouviu o que eu disse? — interrogo, por garantia.

— Sim, estou processando.

Danton desfaz o laço da gravata e abre os primeiros três botões da camisa. Enfia as mãos nos bolsos da calça e parece pesar seu próximo movimento. Estou me sentindo péssima, além de uma tremenda idiota. Mas não posso ficar me enganando, a disparidade entre nós é visível.

— Antes de tomar qualquer decisão, eu gostaria de te mostrar uma coisa. — Ele me oferece sua mão e não sei o que fazer.

— O que é?

— Só peço que confie em mim. — A mão continua no ar e eu finalmente pego. — Não vai se arrepender, prometo. Onde está o carro?

— Atrás de você.

— Por favor, me guie até lá.

— Aonde vamos?

— Confie, Cléo.

Minha intuição surge do âmago do meu ser, afirmando que posso confiar em Danton. A voz do além não aparece e, por mais que eu chame silenciosamente, o sussurro não está a fim de me ajudar hoje.

O motorista abre a porta traseira e Danton faz um pedido:

— Preciso do helicóptero. Avise ao piloto que estamos indo.

— Pode deixar.

— Hein? Que piloto? — Dou um passo atrás. — Para onde vamos?

— Hoje, vou te provar que as aparências enganam.

— Vai me provar isso às quatro da madrugada? — Checo o relógio do celular, só para confirmar o horário. — Quatro e quinze.

— Ótimo, o sol vai nascer em breve. É exatamente do que preciso.

Conexões profundas são como fios
do destino tecidos em ouro.
Não se desfazem com o tempo nem
as circunstâncias. São eternas.

Não acredito que estou dentro de um helicóptero às cinco da manhã. O sol ainda não nasceu, mas a escuridão já dá lugar a uma luminosidade matutina.

Robercleison dá um tchauzinho e a aeronave decola, rumo a um destino que desconheço.

Não é a minha primeira vez em um helicóptero. Fiz um sobrevoo nas Cataratas do Iguaçu quando fui conhecer o Parque das Aves, em Foz. Quando me disseram que existia um parque particular no Brasil, com ares de primeiro mundo, tomei o primeiro avião e fui averiguar com meus próprios olhos. É realmente estupendo e passei uma semana divertidíssima na cidade. Eu merecia aquelas férias, há tempos não tirava uns dias só para mim.

Danton não está próximo, mas também não está afastado. Noto que ele não sabe bem onde deve colocar as mãos. Sinto que ele quer tatear o banco e vencer a distância que nos separa, mas se contém.

Eu também não estou muito feliz com esse muro entre nós. Deveria dizer algo apaziguador, mas não encontro nada de útil. Minhas mãos estão inquietas sobre o colo e resolvo ligar o famoso foda-se para o que está me incomodando.

Sem aviso, deslizo pelo banco e nossos ombros se chocam. Danton estremece, mas é coisa rápida. Tento domar o meu orgulho, mas o ego se mostra mais forte neste momento. Como dei o primeiro passo, aguardo que o segundo seja dele.

A mão esquerda de Danton se ergue no ar e ele parece indeciso. Levo meu orgulho a nocaute e, vitoriosa, pego a mão dele e trago para mim, entrelaçando os nossos dedos, como sempre.

— Alguém já disse que você é difícil? — ele diz, usando o comunicador de bordo.

— Eu sou canceriana, nada é fácil comigo.

— Eu deveria ter adivinhado.

— Isso é um problema?

— Se um canceriano é difícil, imagine dois deles juntos.

Meu cérebro demora demais a se tocar. Mas, quando acontece, meus lábios se entreabrem, chocados. Eu nunca poderia imaginar e acho que a Agatha vai rir da situação até fazer xixi nas calças, coisa que ela fazia quando éramos crianças.

— Dois cancerianos... Quando eu poderia imaginar?

— Se disser que seu ascendente é câncer, vou ficar preocupado. — Como não respondo, ele conclui: — Seu ascendente é câncer como o meu. Que maravilha, estamos bem ferrados.

Continuo em silêncio, mas minha mente, não. Estou pensando seriamente em contar ao Danton sobre a vidência e a regressão da Agatha. Acho que ele merece saber o que houve no passado e me sinto muito mal por esconder informações tão relevantes para o bom entendimento de nossas vidas atuais.

— Eu preciso te contar uma coisa.

— O que é?

— Lembra daquele papo sobre vidência e regressão que foi interrompido?

— Estou ouvindo atentamente, Cléo. Pode falar.

— Prometa escutar até o fim antes de se pronunciar, por favor.

— Certo, eu prometo.

Não sei por onde começar. Nesse caso, resolvo contar na ordem cronológica dos acontecimentos. Primeiro, a vidência incompleta. Na sequência, a regressão da Agatha e os fatos alarmantes. Para finalizar, narro minha última visita ao parque itinerante e revelo o desfecho da trama.

Danton permanece silencioso, como se tivesse caído no sono. Cara, não é possível. Aperto a mão dele e noto que não está dormindo, acho que se encontra em estado de choque.

— Não vai dizer nada?

— Não agora.

— Danton...

— Estamos chegando. Daqui a pouco a gente conversa.

Todas as suas vidas estão interligadas.
Quer você esteja consciente disso ou não.

O helicóptero pousa e o sol já está nascendo no horizonte. Danton abre a porta da aeronave e salta, buscando a minha mão em seguida. Deixo a bolsa sobre o banco e me dirijo para a saída, aceitando o auxílio.

Acho que estamos em uma fazenda. Meus cabelos se debatem devido ao vento das hélices que ainda não foram desligadas. De posse da bengala, Danton tateia o piso do heliporto e me pergunta se estou vendo a trilha de cascalhos mais adiante.

— Estamos no rumo certo — informo, acima do barulho do vento.

Tomamos o caminho desenhado pela trilha. Ao nosso redor, a plantação é alta e não enxergo nada além do milharal. Pergunto o que estamos fazendo aqui e ele responde com evasivas.

— Danton, por favor, estou confusa e perdida.

— Vai se encontrar, te garanto.

— Poderia ao menos responder por que me trouxe aqui, exatamente?

— Este é o lugar que traduz a minha alma. Eu gostaria que você visse, já que não pode olhar nos meus olhos e identificar por si mesma quem eu sou por baixo deste corpo e de todo o luxo que presenciou.

Fico sem entender a colocação, mas, pelo visto, ele não dirá mais nada. Andamos por cerca de quinze minutos, até o fim do milharal. Quando saímos da trilha para uma clareira, perco o ar, o chão, a noção de tempo-espaço, e também a sanidade mental.

Meu corpo arrepia de um jeito que nunca havia acontecido antes. Meus olhos se enchem de lágrimas e meus joelhos perdem as forças, quase cedendo ao chão. Danton me segura e ergue o meu queixo para que eu continue olhando.

— Este lugar é a minha alma, meu reduto particular em um mundo de incertezas. É para cá que eu venho quando preciso recarregar. Meus quatro anos em Nova York foram terríveis, porque eu estava longe disto aqui. Eu entendo quando você diz que nossos mundos são diferentes, mas você não pode negar que somos iguais, Cléo. Pelo que você me contou, nós viemos do mesmo lugar.

Sim, definitivamente, nós viemos do mesmo lugar. Reconheço a paisagem como parte de um passado que está bem guardado no meu inconsciente. O lago azul translúcido, a choupana de madeira e a plantação de girassóis a perder de vista. Ele reproduziu seu sonho e o tornou realidade no agora, bem aqui, nesta fazenda distante da civilização.

— Minha irmã descreveu este lugar com perfeição.

— Eu precisava trazer o sonho para o mundo real e fiz acontecer.

— Por que criou este lugar se você não pode ver?

— Eu posso sentir. Para mim, basta.

— Eu não sei o que dizer.

— Não diga, apenas sinta.

Inspiro o aroma das folhas e fechos os olhos, sentindo a atmosfera do lugar. O sol banha o meu rosto e a brisa acaricia a minha pele com delicadeza. Estou me sentindo uma idiota por ter surtado horas antes, mas, agora, não existe nenhum traço de dúvida sobre este homem.

— Eu sabia que, em algum momento desta vida, encontraria a mulher dos meus sonhos — Danton balbucia e toma minhas mãos. — Não acho que o universo me daria falsas esperanças, sabe?

— Mantinha esperanças de encontrá-la? E como saberia que era ela?

— Pelo aroma de pureza. O mesmo que senti em você no dia em que a Vida foi baleada.

Dizer que estou chocada é muito pouco. Acho que não existe uma palavra capaz de expressar o que estou sentindo.

Sem pedir licença, levo minhas mãos aos óculos de sol e Danton não tenta me impedir. Tiro o objeto do rosto dele e encontro suas pálpebras cerradas. Acaricio o rosto dele e peço, gentilmente:

— Me deixe te ver de verdade, por favor.

Um tanto relutante, Danton abre os olhos e não consigo conter um sorriso. Imaginei que seriam completamente brancos, mas não é o que estou vendo. São brancos, sim, mas com rajadas azuladas por toda a íris. Imagino que esta seria a cor de seus olhos ao natural.

— Você tem olhos lindos, não sei porque esconde.

— Não é só uma questão de bom senso, meus olhos não possuem proteção contra os raios solares e a luminosidade artificial dos ambientes. Preciso dos óculos, Cléo. — Devolvo e ele recoloca sobre os olhos, ajeitando a armação sobre o nariz.

— Vislumbrei sua alma dentro deles por alguns segundos.

— Sério? E o que me diz?

— É pura, exatamente como você se apresenta ao mundo. Integridade absoluta e indiscutível.

— Não se engane, tenho sentimentos hostis, como você mesma nomeou.

— Estamos neste mundo para vencer isso. Do contrário, o que estaríamos fazendo aqui?

Danton tateia o ar e encontra a minha cintura. Ele me puxa para mais perto e nossas testas se encontram. Ficamos assim por tempo indeterminado, apenas coexistindo entre tempos e espaços.

— O que acha de ser a mulher dos sonhos de alguém? — ele pergunta e eu caio na risada. — Não está se sentindo fabulosa? Extraordinária? Poderosa? Uma deusa?

— Realmente, eu deveria estar me sentindo assim.

— E não está?

— Sinceramente?

— Por favor, só sinceridade a partir de agora.

— Estou me sentindo honrada por ter me escolhido duas vezes. E por ter feito parte dos seus sonhos até me encontrar de novo. Diferente do que possa pensar, a felizarda aqui sou eu.

Com um suspiro apaixonado, Danton faz uma manobra inesperada e, quando dou por mim, estou no colo dele, sem saber ao certo como aconteceu. Enlaço o pescoço dele e sei bem para onde estamos indo. Impossível não me lembrar da conversa com a Agatha e sou obrigada a retesar os lábios para conter o riso.

— Sua vibração mudou — ele observa.

— Para melhor, suponho.

— Sem dúvida. Pode me indicar a porta do chalé?

— Posso, sim. O sussurro está comemorando aqui nos meus ouvidos, de maneira efusiva. Devo mandar passear?

— Deve, sim. Não somos exibicionistas.

— Hmmm... — balbucio e corro a língua no pescoço dele, arrancando um arquejo delicioso. — Obrigada por ter me encontrado, Danton. Foi bem difícil sem você.

— Digo o mesmo, Cléo.

Indico a porta do chalé e Danton a escancara como se estivesse ansioso demais para ser delicado. Mordo o lábio, num desejo que chega a arder o corpo todo. Sinto-me em chamas e preciso dele, tipo assim, agora.

Tomo seus lábios de assalto e ele se assusta, mas não recua. O beijo se aprofunda e, agora, meu corpo parece flutuar numa dimensão paralela, onde o tempo deixa de existir e qualquer espaço que nos separa se torna mera ilusão.

Meu peito se expande como se a contenção de uma barragem tivesse explodido. Sinto ondas se materializando em sentimentos que eu desconhecia. Nem sei se sou capaz de nomear, apesar de saber do que se trata.

Apressado, ele deixa o paletó para trás, assim como a gravata borboleta. Meus sapatos ficam sobre um tapete, e Danton desmancha os meus cabelos. Sou jogada contra uma parede e abro a camisa dele, um botão de cada vez, saboreando cada instante como se fosse o último.

Ele arfa quando minhas mãos passeiam pelo seu tórax bem definido. Enlouqueço quando ele morde o lóbulo da minha orelha. Quase tenho uma síncope quando Danton pressiona o corpo contra o meu, num desejo abrasador.

A porta do quarto está bem ali, mas não acho que chegaremos tão longe. Sinceramente, estou com muita pressa, apesar de saber que o tempo está a nosso favor... Afinal, pelo que já descobrimos, temos toda a eternidade.

FIM

Não existe separação.
O amor conecta tudo.

Um ano se passou desde o dia em que conheci a alma de Danton... e outras coisinhas mais. A Agatha tinha razão em tudo o que disse, mas nunca vou dar o braço a torcer. Ela pergunta os detalhes sórdidos, e eu me faço de desentendida.

Não moramos juntos ainda. A cada quinze dias, passamos o final de semana naquela fazenda, trancados naquele chalé, cercados pela plantação de girassóis, como se nada nem ninguém existisse.

Não vou dizer que as brigas são inexistentes, até porque dois cancerianos juntos elevam os dramas acima da estratosfera. Até que é divertido, afinal, fazer as pazes é a melhor parte do embate.

Falando em negócios, Danton fez um investimento na clínica e pudemos comprar o imóvel ao lado. Expandimos o estabelecimento e contratamos vários veterinários de diversas especialidades. Agora, a Franciscão é uma clínica de referência na área veterinária.

Com o espaço extra, construímos um canil para cachorrinhos abandonados e perdidos. A comunidade se engajou na campanha de doação dos bichinhos e muitos deles conseguiram casa, comida e banhos regulares. Além de muito amor, claro.

Também estamos atendendo cães de famílias carentes, que não conseguem pagar por consultas e procedimentos. A Lamartine Seguros garante a verba e nós doamos o nosso tempo e conhecimento.

O Kléber arrumou uma namorada de verdade, saindo de vez do mundo virtual. A garota é muito gente boa e supercomportada. Fiquei curiosa com o fato e fui investigar:

— Sua namorada é ótima, mas não me parece perfil de aplicativo.

— Cléo, saí dos aplicativos.

— Tá, mas onde encontrou a garota?

— Onde a gente encontra mulheres para casar? — Kléber me encarou, com aquele sorrisinho presunçoso que costuma me irritar. — Adivinha.

— Sei lá, na igreja?

— Bingo!

— Não acredito nisso! — Revirei os olhos, desacreditando. — Enganou a garota.

— Não mesmo, me converti. Fui até batizado, acredita?

— Kléber, você foi abduzido?

— Por Jesus, glória a Deus. — Ele ergueu as mãos no ar.

— Tá me zoando.

— Claro que estou. Mas me converti mesmo, essa parte é verdade.

— Posso te perguntar uma coisa bem pessoal?

— Perguntar você pode, se vou responder são outros quinhentos...

— Sobre a Sandra... — Ele não me deixou concluir a frase.

— Sei o que ela andou falando por aí, Cléo. Mas, em minha defesa, só tenho a dizer que a garota era noiva de um jogador de basquete que media uns dois metros de altura. Acha mesmo que eu iria me meter em apuros por uma transa? Nem a pau!

— Ah...

— Não acredite em tudo o que dizem. Aliás, ela me difamou para o bairro todo. A mulherada me olhava e segurava os risinhos abafados. Um saco...

— Caraca, eu não sabia. E como descobriu que ela era noiva se não usava aliança?

— Você não está no Facebook, mas o restante do mundo está. Não foi difícil encontrar a prova do crime.

E, assim, descobri que o Kléber não é tão mole quanto havia imaginado. Realmente, as aparências enganam e não devemos acreditar em tudo o que ouvimos por aí.

Amaro e Mocha continuam suas rondas diárias no bairro. Para manter os dois sempre por perto, comprei uma máquina profissional e aprendi a fazer *mochaccino* de caramelo. Os clientes adoram e meus dois policiais preferidos idem. Pois é, o Amaro acabou viciado na bebida também.

Agatha está grávida, finalmente. Após meses e meses de tentativas, recorrendo até a bruxaria que mamãe ensinou, minha irmã e meu cunhado estão curtindo muito essa nova fase da vida.

Não sei o que farei sem minha anestesista de confiança quando ela entrar em licença maternidade, mas darei um jeito, afinal, a causa é muito nobre e vai chorar a madrugada toda.

Hoje é domingo, dia de ficar de bobeira. É primavera e o bairro está repleto de flores aromáticas, borboletas coloridas, abelhas zunindo e beija-flores por todos os lados.

O parque está abarrotado de crianças em suas bicicletas, skates, patins e brinquedinhos tecnológicos bem diferentes da minha época. O clima é familiar e o dia está escandalosamente lindo.

Danton e Osho se tornaram melhores amigos para sempre. Os semelhantes se atraem, se é que me entende. Meu lhasa adora ficar no colo do Danton quando saímos para passear.

Na coleira da mão direita do Danton, está a Vida. Ela parece uma *lady* caminhando, como se estivesse calçando quatro saltos nas patas. A golden tem um rebolado característico das divas e hoje está usando lacinho cor-de-rosa nas orelhas.

Na guia da minha mão esquerda, está o maluco do Loki. Meu cão continua estabanado e, simplesmente, não consegue se comportar. Ele é muito moleque e está doido para escapar da minha mão, só por diversão.

Na guia da minha mão direita, está o motivo de o Osho não querer descer do colo do Danton de jeito algum. Quatro cordinhas prendem quatro cãezinhos da raça golden retriever. Dois míni Loki e duas míni Vida. Os filhotes nasceram há pouco mais de três meses e estão terríveis. Vivem irritando o Osho até meu velho peludo estressar e mostrar os poucos dentinhos que ainda restam.

Para a nossa sorte, existe um cercado no parque destinado aos cães. Ali dentro, podemos soltar as coleiras e deixar que corram, baguncem e cansem. E é exatamente o que fazemos.

Ao fechar o cercado atrás de nós, libero o Loki e seus filhos. Vida demora a entender que pode se afastar de Danton, e Osho, finalmente, aceita descer do colo para demarcar alguns territórios inexplorados.

Fito meu velho com uma angústia no peito. Danton percebe a mudança na minha vibração e tenta decifrar o enigma. Quando consegue compreender o que está havendo, pondera:

— Você sabe que ele está partindo, não é?

— Sei e isso me mata aos poucos. — Escondo o rosto na camiseta cheirosa dele.

— A vida é eterna, meu amor. — Danton acaricia meus cabelos soltos ao vento.

— Vou sentir saudade e sou possessiva. Mas eu sei que ele irá para um lugar melhor, onde a dor não existe e a visão é uma dádiva divina. Sei que meu filho cinzento vai viver para sempre.

— Sim, ele vai viver para sempre.

— E vamos nos encontrar algum dia. — Miro os cachorros correndo e rolando na grama. — Todos nós.

— Cléo, não existe separação real.

— Sei que não — murmuro, segurando as lágrimas. — Se eu tinha alguma dúvida, ela não existe mais.

— Enquanto nosso velhinho cinzento estiver por aqui, vamos cuidar e curtir até o último suspiro, tá bom?

— Sim. Até o último suspiro.

Agradecimentos

Em primeiro lugar, agradeço ao universo pela dádiva da inspiração. Agradeço a todos os envolvidos nesta obra que, de forma direta ou indireta, transformaram mais um sonho em realidade. Agradeço a Astral Cultural pelo tremendo cuidado com os detalhes e ao meu agente literário Danilo Barbosa pela força e por ter escolhido sabiamente o título deste livro.

Primeira edição (agosto/2018)
Papel de Capa Cartão Triplex 250g
Papel de Miolo Offwhite Lux Cream 70g
Tipografias Montserrat Alternates e Horley Old Style MT Std
Gráfica Grafilar